KB045938

미국 깡촌에 왜 갔니?

미국 깡촌에 왜 갔니?

김
요
한
글

열 살 한국 소년과 미국 시골 선생님의
아름다운 일 년

바이북스
ByBooks

들어가는 글

벤치는 화려하지 않다. 그리고 벤치는 앉아 있을 수도 있지만 누워 있을 수도 있다. 그만큼 융통성과 배려심이 많다고 할까? 게다가 벤치는 늘 그 자리에 있는 편이다. 공원에 가도 있고 산에 가도 있다. 문제가 있다면 딱딱해서 그렇게 오래 머무를 수 있는 안락한 의자는 아니라는 점이다. 오래 앉아 있으면 엉덩이가 아프기까지 하다. 잠시 쉬면 일어나야 하는 것이 휴식 후 다시 일상으로 돌아가는 모습을 닮았다고 할까? 지친 몸과 마음이 쉼과 에너지를 얻고 다시 일어서게 하는 것이 벤치가 지닌 특성인 것 같다.

파워스 선생님은 나에게 그런 분이다. 바로 벤치 같은 분. 그분의 삶은 화려함과는 거리가 멀다. 하지만 항상 그 자리에 있는 분이다. 겉과 속이 같은, 그런 사람. 화려하지는 않지만 만나는 사람에게 적잖은 쉼을 주는 그런 사람 말이다.

그런데 파워스 선생님은 우리를 인생이란 벤치에 영구적으로 앉아 있게 하지 않는다. 왜냐면 적절한 쉼을 얻었으면 다시 일어서서 우리의 소명에 충실하게 만드신다고 할까? 그것이 내가 파워스 선생님으로부터 받은 인상이며 또 매력 포인트인지도 모르겠다.

그분이 살아온 방식, 일해온 방식, 관계한 방식이 늘 그랬지 않았나 싶다. 특히 우리 아버지와의 관계를 봐도 그런 식이었던 것 같다. 8년 동안 아무 조건 없이 공부를 시켜준 장본인이 바로 파워스 선생님이었다. 유학을 갈 수 있는 여건도 아니었고, 준비된 것 하나도 없었던 전쟁 통의 한 십대 한국인 소년을 그저 긍휼히 여겨주었다. 그리고 그 뒤로 꾸준히 돌보아준 것이 그분이 선택한 삶의 방식이었다.

그렇게 아버지는 8년 동안 파워스 선생님의 사랑과 후원으로 편하게 공부할 수 있는 행운을 얻었던 것이었다.

아버지의 공부 끝에 그가 요구한 것은 한 가지였다. 다시 조국 대한민국으로 돌아가서 어떤 형태로든 사람들에게 도움을 주는 삶을 살아줄 수만 있다면 선생님에게 모든 보답을 다 한 셈이나 다름없다고 말이다. 그것이 내가 말하는 그분의 '벤치 철학'과도 같다. 벤치는 잠시 쉼을 얻고 일어서서 또다시 사람들 틈바구니로 들어가 사회의 구성원으로 나의 책임에 성실히 임하도록 북돋아주는 통로이기 때문이다. 파워스 선생님은 그런 벤치 같은 역할을 하지 않았나 싶다.

한 가지만 덧붙인다면 정말이지 그보다 더 검소한 사람이 있을

지 싶다. 적어도 내가 지금까지 만나본 사람 중에서 말이다. 돈도 안 쓰는 사람. 하지만 자신을 위해서나 안 쓰지, 타인을 위해서는 전부를 쓰는 천사 같은 사람. 나의 작은 머리나 가슴으로는 이해가 안 되는 부분이 이해되는 부분보다 더 많았다. 화려함과는 상관없는 삶을 살아온 버지니아 산골 속의 한 사람. 그의 이름은 카얼 파워스(Carl L. Powers)이다.

4부 다른 사람을 위한 삶

1
부

그리운
시골집
풍경

시골길

굽이굽이 이어지는 산골짜기에 들어선 선생님의 집은 사실상 최신식 내비게이션이나 스마트폰도 잘 찾아내지 못할 정도이다. 그래서 괜히 내비게이션만 믿었다가는 집을 찾지 못하고 헛수고 할 수 있다. 그런데 그렇게 굽이굽이 구부러진 시골길은 그림 속의 초원을 향하는 풍경이라고 할까?

사람에게 물과 계곡이 주는 몸과 영혼의 쉼이 있듯이 깊은 산과 시골 풍경이 우리에게 주는 힐링과 쉼이 있기 마련이다. 결국 모든 것이 자연이 우리에게 주는 선물이 아닐까 싶고, 파워스 선생님은 자연과 그 자연의 보호에 대한 관심이 지대한 분이었던 것으로 기억한다.

우리도 요사이 자연의 파괴로 붕괴되는 행복 지수를 실감하며

언제든 찾아가서 쉼을 얻고 싶은 곳,
그렇게 쉼을 얻은 뒤에 할 수 있는 일은
다시 산 밑으로 내려가는 것이다.
산 밑으로 내려가 내가 받은 영감과 에너지를
세상에 나누는 것이라 할까?

하루하루 살아가고 있지 않은가? 그것이 온갖 쓰레기와 매연에 의한 오염이든 어떤 형태의 오염이든 우리가 날마다 선택하는 크고 작은 선택들이 낳은 결과인데, 오늘의 자연재해나 지구온난화, 심지어는 코로나19와 같은 사건들이 날마다 늘어나고 있는 사회적 현상을 피할 길은 없을까? 우리가 자연으로 돌아 갈 때 비로소 자연의 가치를 알게 되는 이치가 안타깝다.

연인을 만나러 가는 길이 제 아무리 멀고 험해도 힘듦을 느끼지 않고 만 리 길도 찾아갈 수 있듯 해챗의 시골집이 바로 그렇다고 하겠다. 언제든 찾아가서 쉼을 얻고 싶은 곳, 그렇게 쉼을 얻은 뒤에 할 수 있는 일은 다시 산 밑으로 내려가는 것이다. 산 밑으로 내려가 내가 받은 영감과 에너지를 세상에 나누는 것이라 할까?

우리가 평소에 휴가를 떠나는 일도 그런 이유에서 아닌가? 재충전도 재충전이지만 그것은 나만을 위한 재충전이 아닌 것이다. 내가 남들을 좀 더 돌보고 저들과 같은 공간에서 즐겁게 살아가기 위해서는 충분한 에너지를 먼저 공급받았을 때 가능할 테니 말이다.

파워스 선생님은 그래서 가능했을까? 평소에 산속에서 받은 사랑과 에너지를 산 밑으로 내려와 남들에게 공급해주었듯이 말이다.

나무 문

이 나무 문 앞에는 차량 두 대가 겨우 주차할 수 있는 공간이 있고 나무 막대기 하나가 문을 고정시켜주고 있는 것이 전부이다. 두 개의 문 사이로 고정되어 있는 작은 빗자루만 한 원형 모양의 나무를 좌우로 움직이면 문이 열리고 닫히는 그야말로 미니멀리즘의 극치. 다시 말해 아무나 들어갈 수 있는 구조다.

우리나라로 치자면 강원도 태백 느낌이라고 할까? 과거엔 탄광촌으로 유명했던 곳이 바로 해챗(Hatchet)이다. 파워스 선생님과 함께 지냈던 집은 선생님의 부모님이 1915년도에 지은 집으로 이제 106년이 넘은 집이다. 그 지역에서는 평범한 집인 데다가, 이웃이라고 해봤자 약 3백 미터 가량 떨어진 위치에 한 가정밖에 살지 않

나는 이 문을 통과하는 사람들이 많기를 간절히 기대한다.
비록 한적한 시골 마을에 위치한 백 년 넘은 집 한 채가
전부이긴 하지만 그 속의 스토리는 과히 전설적이기 때문이다.

는다. 그 집에 현재 사는 사람은 은퇴한 교도관 가족이라고 한다.

파워스 선생님이 2014년에 돌아가신 후, 선생님 집에는 아무도 살고 있지 않다. 다만 소유권을 조카 리키 파워스(Ricky Powers)가 갖고 있는데 리키는 그의 형 찰스(Charles)와 함께 한 달에 한 번 정도 가서 잔디 깎는 일만 하는 것이 전부이기 때문에 집안 상태는 거의 방치된 셈이나 다름없다고 보면 된다.

유지비로 한 달 전기료는 약 15불(우리나라 돈으로 약 1만 8천 원 정도), 그리고 집에 대한 세금은 1년에 약 100불(약 12만 원)이라고 한다. 이 집을 내놓게 될 경우 어림잡아 8, 9천만 원이면 살 수 있는 것으로 알고 있으니 선생님이 돌아가시기 전까지 얼마나 소박하게 사셨는지 짐작할 만한 대목이다.

가급적이면 리키와 함께 그 집을 유지하면서 그곳의 '이야기'를 보존하려는 취지에서 작은 박물관이나 예술가들을 위한 쉼터로 꾸미려 한다. 문제는 접근성이 워낙 떨어지니 현실성이 있을까 싶다. 하지만 내가 얼마 전에 찾아간 버지니아주의 'Porches Writers Retreat'의 주인장께서는 접근성이 어려운 곳이 부정적인 면보다 오히려 긍정적인 면이 클 수 있다고 하니 결론은 모르는 일이다.

개인적으로 그 공간에 대한 애착과 끌림이 있어서 리키와 함께 이런저런 대화를 해왔지만 워낙 느긋한 성품을 가진 탓에 3, 4년이 지났어도 별다른 진전이 없다. 물론 어떤 청사진을 디밀어도 좋아하는 스타일이 아니다. 더군다나 리키의 성품이 너무 온순하고 정직한 것은 사실이지만 내가 볼 때는 그의 성격이 워낙 여유로워서(느려 터져서) 어떤 일을 같이 추진하기에는 무리수가 있어 보이는 것도 부인할 수 없다.

그래도 그곳을 어떻게 해서라도 보존하고 싶은 마음에 한번은 어느 지인에게 이야기를 꺼냈었는데 며칠 뒤에 그 지인이 나에게 통장과 도장을 하나 건네주는 것 아닌가? 그 공간을 위한 자본금(seed money)으로 사용하라는 취지였다. 깜짝 놀랐지만, 사실상 내가 그 돈을 갖고 할 수 있는 것은 없어 보였다. 결국 그 돈을 달러로 환전해서(천만 원 – 그 당시에 $9,300) 그것을 리키에게 주고 왔는데, 4년이 지난 지금도 그 돈이 고스란히 은행에 있다고 리키가 이야기해주었다. 솔직히 이런 속도로는 거기에 뮤지엄(박물관)이든 뭐든 과연 뭐가 만들어질 수 있을지 의문이다.

다시 나무 문으로 돌아가자면, 나는 이 문을 통과하는 사람들이 많기를 은근히 기대해본다. 비록 한적한 시골 마을에 위치한 백 년 넘은 집 한 채가 전부이긴 하지만 그 속의 스토리는 과히 전설적이기 때문이다. 그 속에 담긴 이야기를 하나씩 끄집어내본다면 헤아릴 수 없을 정도로 많을 것 같다. KBS에서 특집 다큐로 〈빌리의 귀

향〉이라는 프로그램을 방영한 적이 있었는데 그 이야기의 배경이
바로 파워스 선생님의 생가였다.

문

선생님의 집은 산속 깊은 곳에 위치해 있기에 사실상 인적이 매우 드문 곳이다. 그래서 도둑도 들지 않는다고 볼 수 있다.

그런데 내가 항상 궁금했던 것은, 이 사진에 보이는 문은 평소에 잠가놓고 출근을 하신다는 사실이다. 그러고는 퇴근 후에 숨겨놓은 열쇠로 문을 열고 들어가시는 모습을 날마다 볼 수 있었다. 사실 선생님 댁에 도둑이 들었다 한들 훔칠 만한 돈 뭉치나 건질 만한 물건 하나 없기 때문에 도둑이 엄청 실망했을 것이다.

하지만 내가 보기에는 두 가지 이유 때문에 그렇게 하지 않았나 싶다. 평소에 당신이 너무 아꼈던 편지들이 가득 쌓인 책상이 하나 있는데 누군가에 의해 혹시라도 그 편지들이 훼손될까 싶어 그러셨던 것 같고, 또 하나의 이유는 한 쪽 벽 구석에 세워진 두 자루

의 엽총과 침대 밑에 숨겨 둔 권총 한 자루 때문일 것 같다. 혹시라도 누가 들어와 총을 만지다가 다칠 수도 있으니 말이다. 선생님이 평소에 총을 사용하실 일도 없었지만 워낙 산세가 깊은 곳이다 보니 야생 동물도 드나드는 경우가 많아 아버지 때부터 소유했던 총을 보관하신 것이다.

선생님이 아끼신 편지, 그리고 비상시를 위해 보관하신 총을 생각해 보면서, 내가 평소에 아끼는 것은 어떤 것이 있을지 생각에 잠겨본다. 내가 잃어버리고 싶지 않은 것은 어떤 것이 있을까 말이다. 사실 산다는 것은 잃어버리는 것과 같다. 단순히 물건만 잃어버리는 것이 아니라 건강도 조금씩 잃게 되고, 기억력도 잃게 되고, 결국에는 사랑하는 가족이나 자신의 생명도 잃게 되는 것이 사람 사는 세상이니까 말이다.

선생님이 평소에 소중히 여기신 편지는 무엇보다 그동안 아끼셨던 사람들과의 관계를 상징하는 것들이다. 그것보다 소중한 것이 없었던 것 아닐까? 우리가 잃게 되는 것은 많더라도 그 소중한 추억들과 사랑의 관계를 잊지 않는 것, 그리고 내가 받은 은혜를 허투루 하지 않는 것, 그것이 오늘을 살아가는 데 나에게 적지 않은 지침이 되어준다.

숯불

파워스 선생님의 시골집 입구 옆에 다 쓰러져가는 작은 창고가 하나 있는데 그 창고의 오른편을 자세히 들여다보면 무질서하게 쌓여 있는 숯이 잔뜩 보인다. 원래 나무를 겨울철 땔감으로 이용했다가 선생님이 돌아가시기 몇 해 전부터는 관리가 조금 더 수월한 숯불로 겨울을 나신 것 같다.

숯이 쌓여 있는 창고 왼편으로는 선생님의 이런저런 짐이 박스채로 쌓여져 있지만 과거에는 그 창고 같은 건물이 마을 주민을 위한 작은 가게, 혹은 마트의 역할을 했다고 한다. 과거에 자동차가 드물어 운반이 어려웠던 시절에는 마차를 이용해야 장을 보고 올 수 있었기 때문에 교통수단이 없는 시골 마을 사람들을 위해서 어느 한 가정에서 맡아 운영하는 가게가 있어야 했던 모양이다. 몇

마리의 닭을 키우면서 계란을 판매했고, 소를 키우기에 새벽 4시 반마다 직접 젖을 짜는 일로 하루 일과를 시작하면서 당신의 가족과 이웃을 위해 우유를 판매했던 것이다. 그런 식으로 파워스 선생님의 어머님은 주민들을 위한 '구멍가게'를 운영했으니 얼마나 부지런한 분이었을지 짐작이 간다.

파워스 선생님의 아버님은 그 가난한 시골 마을에서 할 수 있는 일이 많지 않아 철도 일을 하다가 왼쪽 팔을 심하게 다친 나머지 절단 수술까지 받게 되었다. 아예 왼쪽 팔이 없는 신세로 철도 일을 지속했으니 그 어르신들이 얼마나 고생했는지 상상이 가지 않겠는가 말이다.

이 말은 다시 말하면 세상에는 '공짜'가 없다는 이야기나 다름없다. 내가 지금 누리고 있는 어떤 것이 아무리 작더라도 보잘것없지 않은 이유는, 누군가의 피땀 어린 수고와 희생을 통해 얻어졌기 때문이다. 우리가 날마다 먹는 밥도 그렇지 않은가 말이다. 1년 내내 농사를 지은 농부의 정성 어린 손길을 거쳐 우리의 식탁 위에 오는 따뜻한 밥 한 그릇에도 고마운 마음을 우리가 잊지 말아야 하는 이유가 바로 여기에 있는 것 아닐까?

그렇게 보면 우리가 살아가는 세상이 얼마나 아름다운 곳인지 확인할 수 있다. 그래서인지 인문학자 김헌 선생님은 그의 책에서 다음과 같은 말을 한다.

내가 하는 일이 결국 화려한 성을 쌓는 일이 아닌
좁은 골목길 하나를 만드는 일일지라도
충분히 가치가 있을 수 있기 때문이다.

"인간의 무늬들이 모두 타지마할이나 앙코르와트 사원처럼 아름답거나 문화적으로 큰 가치를 지닌 것은 아닙니다. 그러나 좁은 골목길 하나도 많은 사람들이 더 나은 생활을 위해 고민하고 행동한 결과이겠지요. 밭을 갈고, 집을 짓고, 성을 쌓으며, 인간들은 사는 동안 저마다 자신의 무늬를 새겼습니다. 우리가 살고 있는 땅 위에는 인간답게 살기 위한 모든 노력이 남아 있는 셈입니다."(《천년의 수업》, 102쪽)

무늬라는 단어를 생각하면서 과연 우리는 오늘 어떠한 무늬를 새겨놓고 있는지 생각해보는 것도 좋을 것 같다. 나의 노력과 수고로 인해 주변이 조금 더 풍성해지고 주변 사람들의 삶이 조금 더 윤택해질 수 있다면 충분히 의미 있지 않을까? 내가 하는 일이 결국 화려한 성을 쌓는 일이 아닌 좁은 골목길 하나를 만드는 일일지라도 충분히 가치가 있을 수 있기 때문이다.

다 허물어져가는 작은 창고 속의 숯 하나가 그렇고, 파워스 선생님의 참나무 창고에 있는 나무토막 하나가 그렇다. 그 숯이나 나무토막 하나마저 우리의 마음과 몸을 따뜻하게 해주어서 추운 겨울을 무탈하게 보낼 수 있도록 도와주는 역할을 하기 때문이다.

타자기

파워스 선생님은 글쓰기에 관심이 많았고, 실제로 적지 않은 양의 글을 일평생 써오신 분이다. 특히 예술 분야에 평소 관심이 많아 초등학생들이 주축이 되는 다양한 연극이나 뮤지컬을 위한 극본을 쓰시기까지 했다. 물론 미국 산골짜기의 작은 초등학교에서 일어났던 일이었으니 밖에서는 알아줄 사람도 없었다. 알아줄 사람이래야 탄광촌의 학부형들뿐이었고 어빙턴 초등학교(Ervington Elementary School)의 몇몇 선생님들뿐이었다.

파워스 선생님이 이처럼 예술 분야에 관심이 많았던 대표적인 이유는 그 지역의 학생들에게 예술의 영역은 사치나 다름없어서 예술적 작품을 접할 수 있는 기회를 거의 박탈당했기 때문이었다. 그러나 선생님은 소외된 지역에 사는 어린 아이들도 똑같은 문화적 혜택을 누릴 수 있길 바라는 마음에서 그런 열정을 갖게 된 것 같다. 남들처럼 문화적 혜택을 누릴 수 없는 아이들의 상상력을 키워주고 싶은 마음이 컸던 나머지 결국 저들의 예술적 소양을 북돋아주는 길을 찾는 것에 몰두할 수밖에 없었다.

그런데 문제는 그 일을 도울 수 있는 사람을 도저히 주변에서 찾을 수 없으니 직접 스토리를 구성해서 극본을 쓰게 된 것이다. 물론 그마저도 1년에 한 번 정도만 할 수 있는 이벤트였지만 그 일을 위해 선생님은 작은 시골 학교의 예산 확보는 물론, 적지 않은 시간과 정성을 해마다 투자하셨다. 덕분에 그 학교의 연례행사 중 가장 많은 관객이 동원되었던 행사로 손꼽힌다.

사진 속의 타자기는 선생님이 글을 쓸 때마다 사용되었던 것이다. 나중에 컴퓨터를 사용하시긴 했지만 그분의 글이나 작품을 활자화 하는 일은 대부분 타자기의 몫이었다. 안타까운 점은 시골 학교에서 몇 안 되는 학생들을 위해 이와 같이 고군분투하는 선생님들이 계셔도 아무도 알아주지 않는다는 사실이다. 즉, 아무리 파워스 선생님이 만들어낸 연극의 작품성이 뛰어나도 결국 그 지역에서 묻혀버리고 말았다. 그래도 선생님은 거기에 연연하지 않고 그저 학생들이 즐거워하는 것에 만족하며 1년에 단 한 번만이라도 문화적 혜택을 누릴 수 있는 기회를 확보하는 것에 가치를 두

사진 속의 타자기는
선생님이 글을 쓸 때마다 사용되었던 것이다.
그분의 글이나 작품을 활자화 하는 일은
대부분 타자기의 몫이었다.

었던 것 같다.

　세상을 살다 보면 아무도 우리의 수고를 몰라주는 경우가 많다. 하지만 '그럼에도 불구하고' 나를 불태우며 혼신을 다하는 정신, 이것이 예술가의 열정이 아닐까 싶다.

　영국 서튼후 유적지의 발굴을 그린 영화 〈더 디그(The Dig)〉가 그렇다. 이 영화는 2차 세계대전이 터지기 직전인 1939년에 무명 고고학자 바질 브라운(Basil Brown)과 이디스 프리티(Edith Pretty)가 고분 토지에서 발굴을 하게 된 배경에 관한 이야기다. 두 사람이 거기에 쏟아 부은 돈과 시간과 열정은 상상하기 어려울 정도이다. 수년 동안 그렇게 땅만 파는 일을 누구도 알아줄 리가 없었지만 저들의 의지와 수고 끝에 그 유적지에서 6~7세기에 만든 것으로 추정되는 배의 흔적이 발견되었고, 앵글로색슨족의 왕으로 추정되는 피장자의 부장품들이 대량으로 출토되기도 해서 결국 유물들을 대영박물관에 양도한다. 내가 하는 일을 아무도 인정해 주지 않아 무력감을 느낄 때 한번쯤 볼만한 영화라 하겠다.

　그런 의미에서 우리는 어떤 형태로든 모두 예술가로서의 소명이 있는 것은 아닐까? 비록 큰 무대에 올리는 대작은 아니어도 내가 있는 삶의 현장을 조금 더 의미 있게, 조금 더 아름답게 만들어

갈 수만 있다면, 그래서 몇몇 사람만이라도 행복감을 누릴 수 있다면 충분하지 않을까?

참나무

탄광촌의 겨울은 길고 길어, 그 추위도 장난 아니다. 그나마 요즘은 전기가 들어오긴 하지만 과거에는 전기가 아예 들어오지 않는 지역이었기 때문에 집안 난로를 데우는 방법은 숯불이나 참나무 밖에는 없었다. 늦은 겨울이나 이른 겨울이 되면 파워스 선생님이 늘 산으로 올라가 나무를 잘라 끌고 내려와서 톱으로 몇 동강이로 썰어놓은 다음, 도끼로 나무를 잘게 자르던 기억이 난다. 덕분에 나도 도끼를 사용하는 법을 배워놓아 이다음에 혹시라도 산장 생활을 하게 되면 유용하게 쓸 수 있을 것 같다. 이렇듯 헤챗은 산에서 생존하는 방법을 제대로 배우지 않으면 견디기 쉽지 않은 곳이다.

부엌에는 재래식 오븐이 하나 있는데, 데우는 방식이 전기도 아니고 숯불도 아니고 가스도 아니고 말 그대로 산에서 해온 참나무 장작을 이용했다. 그 나무를 오븐 한쪽에 넣어 잘게 자른 나뭇가지와 신문지를 사용해서 불을 지피면 취사뿐만 아니라 집안 곳곳을 훈훈하게 해주기도 했다. 사실상 그 집에 따뜻한 곳이라고는 부엌밖에 없었던 기억마저 날 정도다.

우리나라에도 강원도 같은 곳에 가면 가정집이나 카페에서 종종 참나무 장작으로 불을 지피는 것을 볼 수 있는데, 참나무 타는 내음이나 저녁에 집 한구석을 환하게 밝혀주었던 그 시골집 광경은 정말 그림 같은 추억 중에 하나라고 하겠다. 몸도 맘도 따뜻해지는 그 경험은 말로 설명할 길이 없는 듯하다. 더구나 은박지(은종이)에 감자를 싸서 몇 개씩 난로에 집어넣었다가 따끈따끈한 감자를 꺼내 먹는 맛을 떠올려보면 지금도 그때 그 시절로 돌아가고 싶은 마음이 간절하다.

겹겹이 쌓인 참나무 장작불은 추운 겨울을 나기에 나를 위한 최고의 선물이었다고 해도 과언이 아닌 셈이다. 파워스 선생님은 겨울의 장작나무처럼 나의 삶을 따뜻하게 해준 존재였고, 비록 천국으로 이사 가신 지는 수 년이 지났지만 내가 12살 나이에 그분과 지낸 1년을 떠올릴 때마다 그의 사랑의 온기를 여전히 느낀다. '까만 머리 자니'라고 나를 늘 부르며 머리를 쓰다듬어 주었던 그분의 손길이 그립다.

이른 겨울이 되면 파워스 선생님이 늘 산으로 올라가
나무를 잘라 끌고 내려와서 톱으로 몇 동강이로 썰어놓은 다음,
도끼로 나무를 잘게 자르던 기억이 난다.

추운 겨울에 우리의 시린 손과 차디찬 마음까지 녹여주는 장작불처럼 우리의 몸짓 하나 혹은 서툰 한마디 위로의 말 역시 주변을 조금 더 밝고 따스하게 해주는 효과를 낳게 되는 일이 아닐까? 그래서 시인은 묻는가 보다.

"너에게 묻는다. 연탄재 함부로 발로 차지 마라. 너는 누구에게
한 번이라도 뜨거운 사람이었느냐."(안도현)

그것이 뜨거운 연탄 한 장이든 장작 하나이든, 태워지고 없어지면서 결국 그 구실을 하는 것인 것 같다. 우리가 살아가는 한순간 한순간도 그러하듯 말이다.

빨래방

1년 가까이 해챗에서 살았지만 솔직히 파워스 선생님이 빨래방을 사용하는 걸 본 적이 없다. 아마 거의 손빨래로 해결하지 않았나 싶다. 참나무 땔감 저장 창고 옆에 흐르는 작은 냇가가 있는데, 거기서 주로 빨래를 하시는 것 같았다. 게다가 옷의 가짓수도 워낙 적으셨기 때문에 빨랫감이 크게 밀리거나 할 일도 없었다.

하지만 사진에 나오는 빨래방은 선생님의 어머님이 살아 계셨을 때 주로 사용한 공간으로 아들만 셋을 키우셨고, 남편은 탄광촌에서 일을 했으니 그 당시에는 빨랫감이 제법 있었을 것이다. 게다가 우리 아버지까지 여름을 거기서 지내신 적이 있었으니 그 당시엔 일거리가 꽤나 많을 수밖에 없었다. 온 가족의 옷을 깨끗이 빨아주는 곳이었지만 이젠 한구석에 오래된 빨래 기계 하나만 덩그

옷의 더러움은 눈에 보이지만,

마음의 더러움은 좀처럼 보이질 않는다.

그런 의미에서 우리의 옷을 세탁하고 깨끗이 하는 것도

물론 중요한 일이겠지만,

마음의 세탁도 잊어서는 안 될 것 같다.

러니 버려져 있는 듯한 깔끔한 창고 느낌만 난다.

이런 글을 읽은 적이 있다.

"옷이 더러워지면 세탁한다. 말려서 입는다. 또 더러워진다.
다시 세탁해서 입는다. 좋아하는 사람을 만날 때 우리는 더욱
더 말끔한 옷을 차려 입는다. 좋지 않은 모습은 보이고 싶지 않
다."(허림,《와플 터치》Vol. 79, 95쪽.)

무엇인가를 세탁하는 일은 우리의 일상이나 다름없다. 옷을 입
으면 더러워질 수밖에 없어 갈아입어야 한다. 그러니 위의 작가가
말한 것처럼 세탁을 하는 수밖에 다른 도리가 없다.

그런데 어디 우리가 입는 옷뿐이겠는가? 사실 옷이 더러워지는
것보다 더 무서운 것은 우리의 속사람 아닌가 말이다. 옷의 더러
움은 눈에 보이지만, 마음의 더러움은 좀처럼 보이질 않는다. 그런
의미에서 우리의 옷을 세탁하고 깨끗이 하는 것도 물론 중요한 일
이겠지만, 마음의 세탁도 잊어서는 안 될 것 같다. 아니, 어쩌면 옷
을 세탁하는 일보다 더 세심한 관심을 가져야 할 부분이 아닐까?

한국에 대한 서적

파워스 선생님의 집에는 우리나라에 대한 서적이 책장에 꽂혀 있는 것을 볼 수 있다. 얼마나 열심히 읽으신 책인지는 몰라도 한국 역사나 문화에 대한 관심이 있으셨던 것만은 분명하다.

나는 종종 한국을 방문하는 외국인들에게 해주는 말이 있다. 우리나라를 방문할 경우 반드시 배워둘 표현은 한 가지만 있으면 족하다고 말이다. "그 말이 뭐냐?"라고 물을 때마다 나는 이렇게 대답한다.

"Bae Go Pa Yo."

우리말 그대로 '배고파요'이다. 그러면 모든 사람들이 깔깔 대면서 웃어준다. "안녕하세요"라는 인사말도 중요하고 감사하다는 표현도 중요하겠지만, 살아남기 위해서는 그것 하나만 있으면 족하지 않은가 말이다.

파워스 선생님의 한국말 실력은 엉터리였다. 하지만 워낙 글쓰기를 좋아하신 분이어서 소통에 남다른 관심을 많이 보이셨던 것으로 기억한다. 처음에 우리 아버지를 만나셨을 때에는 아마도 손짓 발짓을 더 많이 사용하지 않았을까 싶다. 아버지 역시 하우스보이로 일하면서 나름 영어를 많이 배웠다고 생각했었지만 그것은 착각이었다. 알고 보니 미군들에게 배운 영어는 거의 '욕'이 대부분이어서 쓸모 없는 영어만 배웠던 것이다.

외국에 가기 전에 어떤 사람은 그 나라에 관한 서적을 적어도 10권은 본다는 말을 들은 적이 있다. 그만큼 내가 가고자 하는 지역의 사람, 문화, 정서, 역사 등을 이해하려고 노력하는 것이고 그럴수록 그곳에서의 시간이 더 보람차게 되는 것이 아닐까?

파워스 선생님도 그러셨을 것 같다. 한국과의 만남은 자신이 계획하지 않았던 한국 전쟁으로 시작이 되었지만 그 인연은 15세 한국인 소년과의 만남으로 인해 이어지게 된 것이다. 그리고 그 만남은 결국 한국에 대한 호기심과 끊임없는 관심이 지속되는 계기가 되었다.

가끔 가다가 학생들이 나에게 질문을 하는 경우가 있다.

파워스 선생님의 집에는
우리나라에 대한 서적이 책장에 꽂혀 있는 것을
볼 수 있다. 얼마나 열심히 읽으신 책인지는 몰라도
한국 역사나 문화에 대한 관심이
있으셨던 것만은 분명하다.

"어떻게 해야 영어를 빨리 배울 수 있어요?"

비단 영어에만 해당이 되는 질문은 아니겠지만 과연 언어를 속성으로 배울 수 있는 방법이나 요령이 있을까 싶다. 현대 사회는 여러 분야에서 빠른 것을 요구하다 보니 마치 빠른 것이 당연한 것처럼 여겨지는 경우가 많다. 물론 가장 확실한 방법은 그 나라 말에 능통한 사람을 지속적으로 만나거나 사귀는 방법일 것이다. 하지만 나는 그런 질문을 받을 때마다 빠르게 배울 수 있는 방법은 없다고 답한다.

내가 아는 파워스 선생님은 빠른 것을 기대하지 않았다. 특히나 사랑하는 관계는 뜸을 들이는 시간과 애정이 자연스레 요구된다는 것을 아셨기 때문이다. 내가 사랑하는 대상, 그것이 사람이든 국가이든 그것에 대한 진지한 관심이 있다면 우리는 그 대상에 대해 지속적인 관심을 갖고 배움에 호기심을 갖기 마련이 아닐까? 그것이 파워스 선생님이 나에게 보여준 '한국 사랑'이었고 '한국인 사랑'이었다.

재래식 화장실

난 우리나라 화장실 문화만 바깥에 뒷간이 있는 줄 알았는데 그게 아니라는 사실을 처음 알게 된 것이 파워스 선생님이랑 같이 살 때였다. 흔히 선진국이라고 불리는 미국에는 왠지 재래식 화장실이 없을 것이라는 나의 추측이 깨지는 순간이었다.

물론 이미 오래전에 지하에 현대식 화장실을 만들어 놓았지만 파워스 선생님이 그 화장실을 사용하는 것은 본 적이 아예 없다. 부모님이 과거에 만들어놓고 사용하신 뒷간에 대한 그리움 같은 것이 남아 있었기 때문이라고 생각했는데 지금 와서 보면 그것보다는 물을 아끼고자 하는 마음과 자연친화적인 것에 대한 애착 때문이었을 것 같다. 당시 12살이었던 나로서는 선생님의 생각을 다 이해할 수 없었지만 파워스 선생님은 유독 편리함보다는 오히려 불편함을 선택하는 경우가 많았던 것으로 기억한다.

요즘은 편리함을 뒤로하고 불편함을 고집하는 일은 점점 찾아보기 어렵다. 배달문화이든 무엇이든 편리함을 돈으로 주고 사는 시대니 말이다. 과거에는 걷는 문화가 일상이었다면 요즘은 자동차에 의존하는 경우가 훨씬 더 많다. 비록 문명의 발전에 따른 자연적 현상이라 할 수 있지만 나는 여전히 디지털 시대에도 아날로그에 대한 그리움이 있는 것 같다.

파워스 선생님은 운전 면허증이 있었지만 자동차는 소유하지 않았다. 이른바 '장롱 면허'의 주인공이었던 것이다. 이유인즉슨 운전을 할 줄 몰라서가 아니라, "튼튼한 다리가 있는데 뭐 하러 비싼 돈을 주고 자동차를 타고 다니냐?"였다.

파워스 선생님에게는 유독 고집스러운 부분이 있었는데, 보통 경제관으로 티끌모아 태산이란 말이 있듯이 그분은 최대한 아껴서 남에게 베풀고자 하는 정신이 가득했다. 그만큼 낭비를 모르는 어르신으로 기억된다.

파워스 선생님은 어빙턴 초등학교의 교사로 출퇴근할 때마다 그렇게 '걷기'를 선택했다. 그 행보는 비가 오나 눈이오나 상관없이 이어졌고, 이따금씩 그를 알아보는 주민이 차를 세워 태워주

물을 아끼고자 하는 마음과
자연친화적인 것에 대한 애착 때문이었을 것 같다.

는 날을 제외하고는 왕복 12킬로미터의 거리를 어김없이 걸었다. 하지만 그 선택이 그를 더욱 건강하게 해준 것은 사실인 것 같다.

더군다나 나도 선생님과 함께 추운 겨울 아침에도 6킬로미터를 걸어 등교하는 일이 고역이었지만 성인이 되어서는 걷는 일이 즐거움이 될 수 있음을 깨닫게 한 계기가 되었다. 더 나아가 그렇게 휘어지고 비탈진 시골 길을 걷는 동안에 느낄 수 있는 주변의 풍경은 자동차만 의지했더라면 결코 배울 수 없었을 법한 소중한 것들을 알아가게 되는 기회를 제공해주었다.

그중에 하나는 자연의 신비였다. 자동차로 갈 경우 10분 정도면 목적지에 도착할 수 있어 효율성은 있었겠지만 주변의 아름다움을 가까이에서 만끽할 수 있는 기회는 물론 사색하는 힘은 놓치지 않았을까 싶다. 왜냐면 차를 타면 볼 수 없는 것들도 걸을 때는 보이기 마련이며, 사색할 때 얻을 수 있는 가치들을 발견할 수 있기 때문이다. 우리가 사는 시대적 특징이 있다면, 검색은 난무해도 사색은 드물지 않나?

내가 배운 또 다른 가치 중에 하나는 누군가와 함께 걸을 수 있는 여유가 대화라는 선물을 제공해주었다는 사실이다. 차를 타고 다녔더라면 파워스 선생님과의 대화는 그만큼 단순하지 않았을까 싶지만 느릿한 걸음 자체가 그만큼 대화의 폭을 넓혀주는 기폭제 같은 역할을 했다.

바위에 새겨진 이름 B. K.

아버지는 파워스 선생님의 집에서 여름을 지낼 때 고향에 대한 생각이 많이 났다고 한다. 고향집을 떠나 8년 동안 어머님이랑 아무런 연락도 할 수 없는 상황이었으니 얼마나 엄마 품이 그리웠을지 짐작할 수 있을 것 같다.

그럴 때마다 아버지는 미군들 사이에서 배운 작은 하모니카를 불었다 한다. 고향 생각이 날 때마다 작은 바위 위에 앉아 어머님을 생각하며 혼자서 연주한 것이다. 그리고 아버지는 그 바위 위에 자신의 영문 이름 약자(B. K.: Billy Kim)를 새겨놓게 된다. 무슨 도구를 사용했는지는 모르겠고, 파워스 선생님이 아이디어를 주었는지 아버지 스스로 그렇게 했는지조차 모르겠다.

〈제이레빗〉의 정다운 가수는 다음과 같은 말을 했다.

"인간이 세상에 태어나 선물처럼 얻어가는 것 중에서 하나는 '이름'일 것입니다. 이것은 나의 입보다 다른 이의 입에서 더 많이 오르내리고, 나의 말보다 나의 글로 쓰임이 더 많은 것이 기도 합니다. 그리고 삶과 함께 다양한 곳에 흔적을 남기게 됩니다."

우리의 이름은 어디에, 그리고 어떠한 흔적을 남기고 있는지, 생각해볼 대목이 아닐까 싶다.

사람은 어딜 가나 자신의 흔적을 남기고자 하는 마음이 있는 것 같다. 어쩌면 그만큼 영원에 대한 기대감 내지는 호기심이 있기 때문이 아닐까? 돌이켜보면 고대의 그리스 신화를 포함한 고전들 속에서도 그러한 맥락의 글들이 많지 않은가 말이다.

흔적을 남기고자 하는 염원은 지금의 내 삶이 아무리 힘들고 고통스러워도 가치 있는 삶을 살아내고 있다는 인간의 다짐을 보여주는 것 같다. "내가 여기 있었노라"고 하는 내면의 외침 같은 것 말이다.

흔적을 남기고자 하는 염원은
지금의 내 삶이 아무리 힘들고 고통스러워도
가치 있는 삶을 살아내고 있다는 인간의 다짐을
보여주는 것 같다. "내가 여기 있었노라"고 하는
내면의 외침 같은 것 말이다.

2
부

이유가 있는
검소한 삶

전화

요즘은 누구나 핸드폰 혹은 스마트폰에 익숙하지만 내가 버지니아에서 지낸 1978～1979년도에 그런 문화는 없었다. 언제 어디서나 통화하는 지금과 달리 전화 통화 자체가 익숙하지 않았던 터라 급할 때만, 그것도 짧고 굵게 통화하는 시대였던 것 같다.

생각해보면 내가 버지니아를 떠난 뒤 파워스 선생님과 가끔 전화통화를 할 때마다 그분께 느끼는 일종의 여유로움이 있었다. 어쩌면 사람이 없는 산골짜기에서 혼자만의 생활이 지루하고 고독해서 그랬을까? 오히려 그것보다는 내가 건네는 말 한마디 한마디에 진심 어린 관심을 가지셨다는 인상을 받았다. 아무리 바쁘더라도 하던 일을 모두 중단한 채 상대방의 말에 귀를 기울여주고, 다정다감하게 대화하셨던 기억이 난다.

지금은 일상이 되어버린
한 통의 전화에도 감격스럽고 뿌듯했던 경험이 있다.

요즘 같은 시대에 사는 우리로서는 더 이상 전화 한 통의 소중함을 잘 모르는 것 같다. 문자든 통화든 언제 어디서나 손쉽게 주고받을 수 있으니 말이다. 하지만 그렇지 못했던 시대도 있었다는 사실이 새삼스럽게 느껴진다. 지금은 일상이 되어버린 한 통의 전화에도 감격스럽고 뿌듯해 했던 것 같다.

사실 요즘 같은 시대에 누군가에게 선뜻 전화를 한다는 것이 부담스러울 때도 있다. 그것을 피하는 쪽이 오히려 예의 또는 배려라고 생각하기에 문자나 그 외의 메시지를 보내는 방식에 익숙해진 지 오래다. 결과적으로 누군가의 음성을 직접 듣는 방식의 전화 통화는 과거에 비해 많이 줄어든 것이 사실이다.

하지만 가끔은 누군가의 음성을 직접 듣는 것도 나쁘지 않은 것 같다. 문자로는 느낄 수 없는 상대방의 숨결과 마음을 좀 더 가까이 느낄 수 있는 기회가 되기 때문이다. 특히나 문자나 카톡 등의 소통 방식이 불편한 어른 세대에게는 한 번이라도 더 전화로 연락을 드리면 어떨까? 짧은 안부를 묻는 통화일지라도, 그날을 행복하게 해줄 수 있는 최고의 선물이 될 수 있기에 말이다.

예전에 어느 어르신의 하소연을 들은 적이 있다. 나이를 먹으면 먹을수록 전화가 걸려오는 횟수가 줄어든다는 이야기였다. 처음에는 그 말을 이해하지 못했는데 조금 더 설명을 들어보니 나이를 먹을수록 사회생활도 어려워지고 심지어는 지인들마저 하나둘씩 세상을 떠나는 어찌할 수 없는 현상이 생기다 보니 통화량도 자연스레 줄어든다는 것이었다.

그래서 생각해본다. 나도 파워스 선생님과 통화를 한 적은 물론 있었지만 국제전화였기에 잦은 통화나 긴 통화는 부담스러웠던 것 같다. 하지만 요즘 같은 세상에서는 카카오톡으로 전 세계 어디나 무료 통화도 가능하니 문자나 메일 대신 직접 사랑하는 사람의 음성을 듣고 안부를 묻는 것도 나쁘지 않은 선택이 될 것 같다.

Give us this day our daily bread

탁자 한구석에 보면 파란색 장난감 버스 옆에 예수님의 모습으로 보이는 장식물에 적혀 있는 문구가 있다. '우리에게 일용할 양식을 주옵소서(Give us this day our daily bread).' 파워스 선생님의 기도는 늘 그런 식이었다. 늘어지게 기도하는 법도 없었고, 소리치며 기도하는 법도 없었다.

어쩌면 강원도 태백의 예수원에 고 대천덕 신부님께서 새겨 놓은 문구처럼 '노동은 기도요, 기도는 노동이다'라는 원리를 품고 살았던 것 같다. 그저 삶의 주인은 하나님 한 분이시라는 것을 매 순간마다 고백하며 겸손히 살아가는 것이 그분의 기도였다.

일용할 양식. 그것만 있으면 충분한데, 우리는 쌓아 놓기를 좋아

한다. 내일을 위해서 말이다. 쌓아놓기에 바쁘다 보니 사실상 이웃을 돌볼 마음의 여유가 거의 없다. 나의 밥그릇 채우기 바쁜 판에 어떻게 이웃을 돌보겠는가 말이다. 하지만 파워스 선생님은 달랐다. 일용할 양식만 있으면 충분했다. 나머지는 이웃을 위한 것이었다. 그는 늘 그렇게 살았다. 죽는 날까지 그렇게 살았다.

'우리에게 일용할 양식을 주옵소서(Give us this day our daily bread).'

파워스 선생님의 기도는 늘 그런 식이었다.

늘어지게 기도하는 법도 없었고, 소리치며 기도하는 법도 없었다.

TV

아버지는 1950년대 초반 전쟁 통에 미국 유학길에 오르게 되었지만 사실상 영어는 하나도 제대로 못 하는 수준이었다고 한다. 영어라고 해봤자 '하우스보이'로 지내는 동안 미군들 사이를 기웃거리며 여기저기서 주위들은 표현들 몇 가지가 전부였다고 할까? 뒤늦게 안 사실이긴 하지만 그때 배웠던 영어는 알고 보니 그마저 거의 다 욕설이었다고 하니 말이다. 그것도 모르고 고급 영어라고 착각한 채로 1년 넘게 배워온 영어를 깡그리 버려야 했다고 하니 얼마나 안타까웠을까? 그러니 길거리나 가게에서 사람들과 보편적으로 주고받을 수 있는 그런 소통은 아예 엄두도 못 내신 것 같다. 다행스런 일이다.

그런 아버지에게 파워스 선생님은 공부할 수 있는 기회뿐만 아니라, 그 당시 아버지의 학업에 필요한 모든 것을 친자식에 하듯 공급해주셨다. 그러던 어느 날 학교에서 웅변대회에 아버지가 참가자로 발탁이 된 적이 있었다. 영어도 잘 못하는 아버지였고 발음도 형편없었지만 도전 정신이 워낙 강했던 아버지는 오히려 영어 실력을 향상할 수 있는 기회로 보고 발음을 스스로 교정하기 위해 입안에 작은 돌멩이를 물고 연습을 했단다. 과학적 근거가 있는 원리인지는 모르겠으나 그런 식으로 연습하면 발음이 부드러워진다는 정보를 들으셨나 보다. 그렇게 선생님의 도움을 힘입어 웅변 대회에 참가한 나머지 예상치 못한 대상을 차지했다. 그 때 받은 상품은 TV이었는데 그때만 해도 미국에 TV가 최초로 소개되었던 시절이었다.

하지만 기숙사에 TV를 모셔놓을 수도 없는 형편인 데다가 당신에게 공부를 할 수 있는 기회를 주신 파워스 선생님이 떠올라 버지니아에 사는 선생님께 전달해드렸다고 한다. 그 선물을 받으신 선생님은 얼마나 반가워하셨을까? 과연 TV를 한 번이라도 시청하셨는지는 모르겠지만 그 시골 산골짜기에서는 거의 유일하게 TV를 소유한 주민으로 마을의 화젯거리가 되었다고 한다. 놀랍게도 그 TV는 여전히 파워스 선생님의 응접실 한복판을 차지하고 있다. 비록 지금은 골동품이나 마찬가지이지만 그것을 버리지 못하고 수년 동안 집안의 가보처럼 간직하신 선생님의 제자 사랑이 돋보인다.

놀랍게도 그 TV는 여전히 파워스 선생님의
응접실 한복판을 차지하고 있다.
비록 지금은 골동품이나 마찬가지이지만 그것을 버리지 못하고
수년 동안 간직하신 선생님의 제자 사랑이 돋보인다.

아버지의 웅변 솜씨를 물려받았기 때문이었을까? 우리 형이 초등학교 4학년 때의 일이다. 갑자기 담임 선생님이 우리 형을 지목하면서 '시민 회관'에서 조만간 웅변대회가 있을 예정인데, 인계초등학교를 대표해서 형이 나갔으면 좋겠다고 말씀하셨다. 문제는 형이 웅변을 해본 적인 한 번도 없었다는 것인데, 무슨 영문인지조차 알 수 없었지만 선생님이 시키는 일이라면 그냥 따를 수밖에 없는 상황인지라 무조건 연습에 몰두했다고 한다.

결국 웅변대회가 열린 날, 무대 위에 오른 형은 관중석에 앉아 있는 학부형, 선생님 등을 마주하자 긴장감 때문인지 머릿속에 암기한 내용을 몽땅 잊어버렸다고 한다. 뻘쭘한 자세로 한참을 서 있던 형은 안절부절못하던 끝에, '고맙습니다'라는 인사말 하나만 하고 내려올 수밖에 없었다. 그날 시민회관에서 열린 웅변대회에 참가한 약 20여개 학교의 대표 '웅변가'들 중 형은 영광스런 꼴지를 차지했다.

하지만 더 웃긴 일은 형이 5학년이 되었던 바로 그 이듬해에 생겼다. 똑같은 선생님이 우리 형을 다시 부르게 된 사연인데, 역시나 또 한 번의 웅변대회가 다가오니 참가하라는 이야기였다. 형은 기겁을 하면서 손을 저으며 이종환 선생님을 말리기 시작했지만 소용없는 일이었다. 더군다나 이번에는 시민회관에서 하는 시시한 웅변대회가 아니었다. 우리나라를 대표하는 신문사에서 하는 연중 행사 중에 하나인데, 잘만 하면 대학 4년 장학금까지 준다는 정보를 접수하신 이종환 선생님에게 형이 또 다시 '말려들게' 된 것이다. 형이 아무리 선생님을 말리려고 했어도, 이번이 '마지막' 기회라고 강력히 권하셨단다. 그냥 지나치기에는 너무나 아까운 기회라며 간절히 호소하신 것이다.

결국 형은 죽어라 연습을 했고, 대회 날에 선생님과 함께 그 신문사를 향할 수밖에 없었다. 결국 성공적인 웅변 끝에 대통령상은 아니지만 '국무총리상'을 수상하게 되면서 4년 대학교 장학금까지 상으로 받게 되었다. 선생님 한 분의 제안으로 우리 가문에 그야말로 엄청난 사건이 벌어진 날이었다. 진짜 웃기는 일은 그날 있었던 웅변대회의 성격인데, 웅변대회의 명칭이 '외국 사람이 우리말로 하는 웅변대회'였던 것이다. 우리 형은 혼혈이다. 얼핏 보면 완전 외국 사람처럼 생긴 초딩 5학년이 나와 우렁찬 목소리와 유창한 우리말 솜씨로 웅변을 하니, 누가 감동을 받지 않았겠냐 말이다.

그런데 진짜 감동이 되는 지점은 형이 웅변대회에 나가서 국무총리상을 받은 것보다 이종환 선생님의 마음이었다. 형은 혼혈이기에 학교에서 왕따가 되는 일은 일상다반사나 다름이 없었다. 점심시간만 되면 친구들과 어울려 밥을 먹는 대신 외톨이가 되어 학교 옆 동산에 늘 혼자 쭈그려 앉아 지내는 형을 발견했었던 것 같

.

다. 그래서 어려움에 빠진 한 명의 학생을 도와주고 응원하고 싶었던 차에 시민회관에서 열리는 웅변대회 소식을 접하자 거기에 형을 보내기로 결심했다고 한다.

신발

　내 기억에 파워스 선생님은 구두다운 구두, 혹은 신발다운 신발이 한 켤레조차 없었던 것 같다. 하긴 그 동네 사람들이 거의 다 그렇게 살아가는 형편이었으니 어쩌면 놀랄 일도 아닐 수 있다. 그런데 지금 나는 내 신발장에 있는 구두나 운동화를 대충 살펴도 열 켤레는 족히 넘는 것을 보면서 선생님이 생각날 때가 한두 번이 아니다.

　파워스 선생님은 평소에 꽤나 많이 걸으셨기 때문에 신발이 늘 해어져 있었다. 그래도 불평보다는 감사함이 몸에 밴 것 같았다. 아니, 한 번도 신발이나 그 밖의 어떤 것에 대해서 불평하시는 것을 들어본 적이 없었던 것 같다. 이렇듯 부족한 가운데 감사할 줄 아는 사람이 된다는 것은 왜 그렇게 어렵게 느껴지는 것일까? 현대

선생님이 그렇게 닳도록 신으신 신발이 밟은 이곳저곳은
치유의 땅이 되었고 축복의 자리가 된 것은 틀림없다.
그곳이 미국 땅이든 한국 땅이든 선생님의 발자취는
앞으로도 많은 이들에게 영감을 주게 될 것임을 난 믿는다.

인들의 풍족병 때문일까? 하긴, 모든 것이 풍족하면 할수록 오히려 감사를 모르기 쉬운 것은 부인할 수 없는 사실이니까.

유독 내가 파워스 선생님의 신발에 관심이 있는 것은 돌아가시기 몇 해 전부터 발목이 아프다는 말씀을 종종 하셨기 때문이다. 워낙 건강에 자신 있으셨던 분이, 게다가 아프다는 이야기를 한 번도 안하셨던 분이 당신의 몸 중 어느 부위가 아프다는 말씀을 하시기 시작했을 때 나는 단순히 발을 많이 쓰셨기 때문이라고만 생각했다. 하지만 내가 뒤늦게 알게 된 사실은 그 통증은 단순한 것이 아니라 암이 발병한 결과였던 것이다.

그것도 모른 채 선생님은 의사를 찾기보다는 붕대로 발목을 칭칭 감고 잔디 깎는 일이나 그 밖의 일에 오랜 기간 몰두하며 방치하셨다. 그로부터 2년 정도가 경과한 후에 통증이 너무 심해 병원을 찾았을 때는 이미 늦었다고 한다. 같이 사는 가족도 없으니 통증이 있어도 누구에게 호소할 수 있는 일이 아니었으니 말이다. 결국 선생님은 그렇게 몸에 암이 퍼지기 시작하면서 하늘나라로 가시게 되었다.

하지만 선생님이 닳도록 신으신 신발이 밟은 이곳저곳은 행복의 땅이 되었고 축복의 자리가 된 것은 틀림없다. 그곳이 미국 땅이든 한국 땅이든 선생님의 발자취는 앞으로도 많은 이들에게 영감을 주게 될 것임을 난 믿는다. 그가 가졌던 소박한 꿈, 즉 한 명의 십대 소년을 돕겠다는 꿈이 결국 다른 사람들에게도 퍼져나갈 것을 기대하기 때문이다. 나의 한 걸음 한 걸음도 그런 걸음걸이가 되었으면 좋겠다.

앞으로 살게 될 날이 얼마나 남았는지 예측할 수 없는 일이지만 나에게 주어진 남은 나날들의 발자취가 부끄럽기보다는 아름답길 간절히 기대한다. 걸음 걸음마다 누군가를 일으켜줄 수 있는 그런 발자취로서 말이다.

잠바

파워스 선생님에게 특별히 옷장이 따로 있었던 기억이 나질 않는다. 그 이유는 옷가지가 거의 없었기 때문이다. 그러다 보니 문고리나 벽 한 모퉁이에 못을 박아 놓고 옷을 걸어놓는 형태였던 것 같다. 물론 속옷이나 양말 등은 작은 서랍장에 보관되어 있었지만 선생님에겐 제대로 된 양복 한 벌 없으셨다. 양복이 한 벌 밖에 없는 사람을 '단벌 신사'라고 부르는데 선생님께는 그것마저 사치였나 보다. 하지만 그런 선생님의 생활을 지켜보면서 느끼게 된 점은 사람이 겉으로 입는 옷의 세련됨보다 그 내면 혹은 속사람이 중요하다는 것이다.

아무리 화려한 옷으로 우리의 몸을 치장 한들 속사람이 피폐하고 내면이 아름답지 못하다면 무슨 의미가 있겠는가? 파워스 선생

파워스 선생님에게

특별히 옷장이 따로 있었던 기억이 나질 않는다.

그 이유는 옷가지가 거의 없었기 때문이다.

그러다 보니 문고리나 벽 한 모퉁이에

못을 박아 놓고 옷을 걸어놓는 형태였던 것 같다.

님이야말로 겉으로 보이는 패션 감각에 대해서는 큰 관심이 없었 지만 마음의 상태를 점검하고 속사람이 얼마나 건강한가에 대한 자기 검열에는 진정으로 철저하셨다.

내가 처음 선생님과 함께 생활하기 시작했을 때 선생님은 옷을 판매하는 잡지책에서 바지 두벌과 셔츠 두 벌을 골라 주문해 주셨 다. 차가 없었던 관계로 운전해서 쇼핑을 갈 수도 없었지만 설혹 차 로 가도 한 시간 이상 나가야 하니 그것이 가장 용이한 방법이었던 것이다. 그런데 그때 선물 받은 누리끼리한 바지와 체크무늬 셔츠 를 입고 자랑스럽게 학교에 등교했던 그날이 지금도 생생하게 기 억이 난다. 선생님은 내가 그 두 벌을 각각 하루씩 번갈아 가면서 입게 하셨고, 최소한 두 번을 입은 뒤에서야 비로소 빨래를 하셨다.

그 당시에는 몰랐지만 선생님이 나에게 무언으로 가르쳐주고 있는 바가 있었던 것 같다. 사람에게는 그 몸에 걸치고 다니는 것 보다 더 중요한 것이 있노라고. 사람의 가치나 아름다움은 그가 입 고 있는 옷에 의해 정해지는 것이 아니라, 그의 내면이 말해준다고.

오븐

　오붓한 오두막집에서 잊을 수 없는 기억 중에 하나는 먹는 것
에 관한 추억이다. 물론 선생님은 대단한 요리사도 아니었고 특별
한 음식을 먹은 것도 아니었지만, 풍성한 아침밥과 따뜻한 저녁밥
을 늘 제공해주었던 것이 생생하다. 점심은 주로 학교에서 해결
했기 때문에 선생님과 집에서의 식사 시간은 아침과 저녁이었다.

　선생님은 새벽형 인간이라 아침에 일찍 일어나서 바쁘게 일과
준비를 했던 기억이 난다. 그중 아침 식사가 중요한 비중을 차지
했던 것 같다. 하루의 시작인 만큼 든든한 식사를 제공해주기 위
해 애쓰셨다.

　날마다 약간의 변화는 있었지만 선생님의 대표적인 요리는 계
란 프라이와 함께 먹는 감자 구이, 토스트, 그리고 주스와 시리얼

풍성한 아침밥과 따뜻한 저녁밥을
늘 제공해주었던 것이 생생하다.

이었다. 그때의 추억 때문일까? 난 아침이 되면 여전히 계란 프라이와 감자 구이, 토스트, 그리고 시리얼을 거의 습관처럼 먹는 것같다. 습관은 이렇게 무서운 것 아닌가. 그렇게 아침을 먹고 있노라면 그 옛날에 선생님이 정성스레 만들어주신 아침밥이 떠오르곤 한다.

반면에 학교를 다녀온 후에 우리가 먹은 저녁 식사는 잘 기억이 나질 않는다. 늦은 오후에 집에 도착하면 소소한 일을 마무리 한이후에 샌드위치나 스프 같은 음식으로 간단히 허기를 채우고 비교적 이른 시간에 잠자리에 들어서였을까? 다음날을 다시 맞이하기 위해서 말이다.

나에게 그렇다 할 요리 솜씨가 있는 것은 아니지만 파워스 선생님이 혼자서 생활하는 것을 보아온 덕인지 혹시나 혼자 지내게 되는 상황을 만난다 해도 생존에는 크게 무리가 없을 것 같다. 요리에 대단한 관심이나 노하우가 있는 것은 아니지만 최소한의 요리는 선생님에게 배웠으니까. 사람에게 물고기를 주는 것보다 물고기 잡는 법을 가르쳐주라는 유대인의 격언처럼 말이다.

부엌의 컵과 접시

사진에 보이는 컵이나 접시는 파워스 선생님이 갖고 있는 식기류의 거의 전부였다. 찬장이 있기는 했지만 별다른 것이 없는 것으로 보아 아마 과거에 어머님이 사용하시던 좋은 접시나 그릇은 다른 곳에 보관해 두지 않았을까 싶다. 왜냐면 그 산골짜기에 손님이 찾아 올 일도 없고, 그렇다고 자기 자신만을 위한 고급스러운 선데이 브런치(Sunday Brunch, 미국 사람들이 흔히 하는 주말의 브런치)를 차릴 일도 없으니 말이다.

오히려 사진에 보이는 대로 파워스 선생님이 선호했던 그릇이나 컵은 거의 플라스틱이다. 아니, 어쩌면 플라스틱으로 나오는 상품 중에서도 가장 저렴한 물건들이었을 확률이 높다. 왜냐면 평소에 그런 것에 관심이나 가치를 두지 않으셨기 때문이다. 돌볼 가족

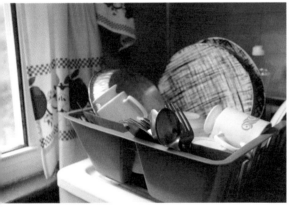

부엌의 그릇들이 말해주는 바는 무엇일까?
무엇보다 선생님의 마음이나 일종의
우선순위를 보여주는 것 같다

도 없고, 평소에 당신만 사용하는 그릇이다 보니 깨지거나 부서질 법한 재질보다는 그저 실용적인 것에 관심이 있었던 철저한 '미니멀리스트'였으니까.

부엌의 그릇들이 말해주는 바는 무엇일까? 무엇보다 선생님의 마음이나 우선순위를 보여주는 것 같다. 한 가정에는 다양한 그릇이 있기 마련이다. 좋은 그릇, 덜 좋은 그릇. 고급스러운 컵, 그렇지 않은 컵. 그런데 파워스 선생님은 그렇게 음식을 담아내는 용기 자체보다는 그 내용물에 더 관심을 갖는 분이었다. 무엇을 거기에 담느냐가 중요했고, 그 용기가 얼마나 쓰임새 있고 청결하냐가 중요하지 그 외에 다른 어떤 것에는 무게를 두거나 의미를 두지 않으셨다.

가만히 보면 우리의 삶도 그렇지 않을까 싶다. 내가 어떤 사람으로, 혹은 어떤 그릇으로 사는 것이 중요한 것 아닌가? 나의 삶이란 그릇에 어떤 가치를 담고 오늘을 살아가는 것이 가장 소중한 것이 아닌가 말이다.

지하

한국 문화는 김치를 담는 항아리 문화라면, 미국은 잼이나 과일을 담는 유리병 문화라고 할 수 있다. 음식물의 내용이나 그것을 저장하는 방식도 사뭇 다르지만 그 속에서 느낄 수 있는 문화의 차이가 흥미롭다.

파워스 선생님의 어머님은 평범한 가정주부로서 미국의 전통 음식에 달인이었다고 한다. 그런데 그 당시에는 음식을 오랜 기간 보관할 수 있는 냉장고나 냉동기가 없었기에 겨울에는 흐르는 시냇물 밑바닥에 음식물을 저장하곤 했다.

그런데 어머님이 만드신 과일 잼이라든지, 피클(우리 식으로 말하면 김치나 단무지), 그리고 계란 등을 저장할 수 있는 공간이 점점 더 필요해졌다. 그러던 어느 날 파워스 선생님과 우리 아버지가 선생

기존의 건물 한쪽 모퉁이에
흙을 파낸 지하실이
일종의 냉장고 역할을 하면서
아버지가 파워스 가문에 남겨준
가장 큰 선물 중에 하나가 된 셈이다.
그 지하 공간에는 선생님의 어머님이
살아생전에 만들어 놓으신 잼이나 꿀과 같은
음식물을 여전히 찾아볼 수 있어
마치 박물관을 찾아간 느낌마저 난다.

님 댁에 땅을 파서 '음식물 저장 창고'를 만들기로 한 것이다. 기존의 건물 한쪽 모퉁이에 흙을 파낸 지하실이 일종의 냉장고 역할을 하면서 아버지가 파워스 가문에 남겨준 가장 큰 선물 중에 하나가 된 셈이다. 그 지하 공간에는 선생님의 어머님이 살아생전에 만들어 놓으신 잼이나 꿀과 같은 음식물을 여전히 찾아볼 수 있어 마치 박물관을 찾아간 느낌마저 든다.

그렇게 지하 공간을 마련하면서 파워스 선생님은 땅을 파는 김에 지하에 작은 샤워실(화장실)까지 만들기로 했다. 그전까지만 해도 화장실이 집안에 아예 없었기 때문에 그야말로 편의 시설이 수십 년 만에 더해진 셈이다. 내가 그곳에서 생활했을 때에는 그 지하 공간이 있었던 덕분에 더운 여름날 밖에서 땀에 흠뻑 젖게 되면 잠시 몸을 식힐 수 있었다. 물론 에어컨은 상상할 수 없는 사치인 상황인지라 지하실로라도 만족할 수밖에 없었던 것도 사실이다.

나중에 들은 이야기이지만 아버지랑 공사를 마친 이후 파워스 선생님이 볼품없어 보이는 회색 벽돌에 페인트라도 입혀서 좀 더 폼 나게 만들어볼 생각도 했다고 한다. 그렇지만 아버지와 둘이서 땀 흘리며 만든 공간에 대한 추억을 최대한 보존하기 위해서 칠을 포기했다. 비록 외부에서는 보이지 않아도 파워스 선생님께는 그만큼 가치 있고 자랑스러운 공간이 아닐 수 없었던 것이다.

우리의 삶도 그렇지 않은가 말이다. 눈에 보이는 것이 전부가 아니기 때문이다. 심지어 눈에 보이지 않는 부분의 가치나 아름다움을 놓치기 쉽지 않은가?

나는 그렇게 몸을 식혀주는 지하실이 있었다는 것에 대해서 곰곰이 생각해 보았다. 우리의 몸을 시원하게 해주는 공간이 있다는 것은 얼마나 감사한 일인가? 하지만 생각에 생각을 이어가다 보니 문득 이런 생각도 들기 시작했다. 상대방의 마음을 흡족하게 해주고 시원하게 해주는 방법은 무엇이 있을까 말이다. 막상 거기에는 대단한 공을 들여야 할 필요가 있는 것 같지도 않다. 그저 작은 관심이면 충분하니까.

재소자들이 무더위를 이기기 위해 여름철에 가장 많이 찾는 것은 얼음 생수라는 어느 교도관의 설명을 들은 적이 있다. 특별히 90일 가량의 찜통 더위를 통과하려면 얼음 생수는 필수라는 것. 그렇다고 그걸 바로 마시는 것도 아니다. 덥고 지친 몸을 식히기 위해서는 겨드랑이 밑에 얼음 생수를 끼어 두었다가 얼음이 녹으면 그때서야 마신다고 한다. 그래서 최상의 선물은 얼음 생수 두 병인 것이다!

이 내용을 아는 단체 혹은 개인들 중에는 해당 교도소에 있는 재소자의 인원에 따라 물을 대량 주문한다. 생수 한 병을 400원에 구입해서 천 병, 이천 병 단위로 보내는 것. 우리에게는 언제나 마트에서 손쉽게 구할 수 있는 생수 한 병. 그 생수 한 병이 누군가에게는 너무나 소중한 물건인 셈이다. 이런 작은 관심 하나만으로도 우리는 선한 영향을 줄 수 있는 것 같다.

비상 식품

나는 통조림 음식을 즐기는 편은 아니다. 그리고 선생님도 깡통 통조림 안에 있는 음식을 자주 드신 기억은 없다. 하지만 주변에 마트도 하나 없는 그 산속에서는 비상 식품도 가끔가다 필수적이긴 한 것 같다. 우리나라처럼 라면을 먹는 문화는 아니기 때문에 주로 작은 통조림 속에 들어 있는 옥수수라든지 야채 스프나 버섯 스프가 가끔 식탁 위에 등장한 것 같기는 하다.

하지만 이 또한 얼마나 감사한 일인가 말이다. 비상시에도 먹을 수 있는 것이 있다는 것은 행복한 일이기 때문이다. 그것마저 없으면 허기진 배를 움켜쥐고 잠을 청해야 할 텐데, 비상 식품이라도 있는 것이 어딘가?

위에서 말했듯이 우리에겐 라면이 그런 음식에 해당될 것 같다.

건강에는 썩 좋지 않을지 몰라도 없어서는 안 되는 필수 식품! 우리네 삶을 음식에 비교할 수는 없는 일이지만 쓸모없는 존재가 되지 않고 비상 식품 같은 존재가 되어야겠다는 생각마저 해본다. 파워스 선생님처럼 없어서는 안 되는 필수적인 존재처럼. 비상시에, 주변에 아무도 의지할 수 없을 때 찾을 수 있고 기댈 수 있는 그런 존재 말이다.

3
부

두 남자가
사는 법

램버트 가게

내가 선생님과 같이 등교한 어빙턴 초등학교 부근에 가게라고는 'Lambert's'라고 하는 작은 구멍 가게가 고작이었다. 주유소가 딸린 동네 가게인 셈이었는데 학교에서 가까워 하교 길에 잠깐 들러 아이스크림이나 초콜릿 하나 사기엔 안성맞춤이었다. 그거 외에는 주변에 가게가 하나도 없었으니 나에게는 유일한 탈출구나 다름없었다.

게다가 돈이 없었던 것도 아니다. 부모님이 나를 미국에 두고 가시면서 파워스 선생님께 "필요하면 아이를 위해 써라"고 맡겨놓으신 돈이 있었기 때문이다. 정확히 기억은 안 나지만 미화 800불 정도 되는 돈이었던 것 같다. 근데 선생님은 완전 짠돌이었다. 내가 내 돈을 쓰겠다는데도 늘 딴지를 걸었다. 얼마나 얄미웠는지…….

수업을 마치고 집에 돌아갈 무렵이 되면 나는 곧바로 선생님의 교실로 찾아갔다. 그리고는 같이 집으로 한시간 가까이 걸어가는 일이 우리의 일상이었다. 하지만 학업을 마치면 3시쯤 되었고, 한창 자라는 나에게는 배가 출출한 적도 많았다. 그러면 나는 '보상 심리'가 작용하면서 가게를 늘 들르고 싶었다. 하지만 선생님은 거의 백 퍼 "안 된다"고 말했다.

솔직히 이해가 가질 않았다. 그것도 선생님 돈이 아닌 내 돈을 쓰겠다는 건데…… 왜 안 된단 말이지? 한 번은 말다툼을 심하게 한 적도 있는 것 같다. 결국엔 내가 보채면서 울기까지 했지만 선생님은 꿈쩍도 하지 않았다.

세월이 지나 생각해보니, 선생님은 내가 쓸데없는 '군것질'에 중독이 되는 것을 원치 않았던 것 같고, 부모님이 부재인 상황 속에서 부모의 노릇을 대신 감당해 주어야 했던 것이다.

무조건 내가 원하는 것을 들어주기 보다는 어린 초딩인 나에게 '절제'를 가르쳐주신 것이다. 그렇다고 절제를 완벽하게 배웠다고는 할 수 없지만 그래도 선생님의 마음을 뒤늦게 이해할 수 있을 것 같다. 나도 세 자녀를 키우다 보니 살아가면서 절제라는 것이 인생 살이에 얼마나 가치있는 것인지 알 것 같기 때문이다.

램버트 가게를 가지 못해 눈물을 보인 적도 있었지만 선생님의 마음을 읽을 수 있는 나이가 되어보니 오히려 감사함을 느끼게 된다. 그 날 램버트 가게의 교훈은 다름 아닌 '절제'였고, 절제력은 돈으로 살 수 있는 것이 아니라는 것도 새삼스레 깨닫게 된 것 같다.

샤워

　내가 파워스 선생님과 사는 1년 동안 또 한 가지 놀랄 만한 사실을 발견했는데, 이분은 샤워도 목욕도 하지 않는다는 것이었다. 아니, 미국에서? 그것도 20세기 말에? 그게 가능해? 이런 의문들이 내게도 매우 리얼하게 다가왔지만, 엄연한 사실이었다.

　파워스 선생님은 영어로 흔히 말하는 털이 많은 보편적인 독일계 미국인인데 수염을 기르지 않았기 때문에 매일 면도를 해야만 했다. 아침마다 준비된 최소한의 물과 면도기로 면도를 한 후에는 작은 수건으로 비눗물을 대야에서 적셔서 짜낸 다음, 온몸을 닦는 식의 '마른 샤워(dry shower)'를 했다.

　물의 공급이 원활하지 않았을 산골에서 생활해온 부모 세대 때부터 몸을 씻는 방식이 몸에 밴 이유도 있겠지만 물의 낭비나 시간을 절약하려는 이유도 있었던 것 같다. 그래서 나는 '절약'이란 단어를 들을 때마다 파워스 선생님을 떠올리게 되는 것 같다.

더군다나 중요한 사실은 선생님에게 마른 샤워는 단순히 절약만을 위한 절약이 아니었던 것이다. 왜냐면 학교에서 월급을 받는 교사로서 처자식도 없는 그분께는 사실상 돈을 쓸 일이 많지 않았기 때문에 굳이 절약할 이유가 없어 보였다. 돈을 벌지 못해서 수입이 아예 없는 사람이 돈을 쓰지 않는 것과, 일정한 수입이 있음에도 불구하고 돈을 쓰지 않는 것에는 차이가 있을 수밖에 없지 않은가?

사람은 '마지막' 또는 '마무리'가 중요하다고 하는데, 파워스 선생님 역시 그의 '마지막'을 보면 그토록 철저히 절약한 이유를 조금이나마 알게 된다. 선생님은 8년 동안 벌은 것을 우리 아버지가 공부하는 데 투자를 하셨기에 사실은 '낭비'할 돈조차 없었다. 뿐만 아니라, 약 2년 동안의 투병 끝에 돌아가실 무렵 선생님은 당신의 모든 소유와 재산을 여기저기에 기부하기 위한 장부를 만들어놓고 인생의 마지막 순간을 준비했던 것이다. 그가 절약한 이유를 한마디로 요약하면 사랑이었다고 할 수 있을 것 같다. 하나님을 사랑하는 마음, 그리고 사람을 사랑하는 마음, 그것이 파워스 선생님의 마음이었다.

물론 파워스 선생님뿐 아니라 우리 주변에도 근검절약하는 사

람들이 적잖은 것을 알 수 있지만 뼈아픈 절제가 요구되는 일임이 분명하다. 더욱이 힘겨운 절약에 대한 보상으로 내가 필요한 어떤 것을 얻게 되는 형태도 있지만(집이 되든 차가 되든 어떤 물건이 되든) 그러한 일반적인 상식을 넘어 타인을 위한 어떤 것을 위해 나의 모든 것을(심지어는 몸까지!) 절약하는 모습이야말로 눈물 나지 않을 수 없다.

침대

파워스 선생님 댁의 침대는 앤티크 수준이어서 편한 것은 둘째 치고 조금만 움직여도 삐그덕 소리가 난다. 특히 겨울에는 방에 제대로 된 난방도 없는지라 처음에 이불 속에 들어가면 얼마나 추운지 모른다. 그 추위는 어쩌면 작은 난로가 주는 온기나 손난로의 따스함에 대한 고마움을 갖게 해준 것 같다. 어떤 것이 우리에게 '없을 때' 비로소 그 가치나 소중함을 알게 되듯 해쳇의 겨울이 내겐 그랬다.

선생님에겐 남다른 섬세함이 있었는데, 침대를 늘 사진의 상태로 정리를 해놓은 뒤에 출근을 하셨다. 침대나 침대의 이불이 헝클어진 경우는 없었던 것 같다. 게다가 사진에는 확인이 쉽지 않지만 베개를 정리하는 모습도 특이했는데, 일반적으로 베개를 있는 그

대로 침대 머리 밑에 놓곤 하지만 선생님은 그걸 원형으로 만드는 노하우가 있으셨다. 그게 물리적으로 불가능한 베개도 있겠지만, 선생님의 베개는 그게 가능했나 보다. 베개가 워낙 낡은 탓에 물렁물렁해져서 그럴 수도 있다. 내 기억에는 손으로 베개 가운데 부분을 살짝 내리친 뒤에 이불을 개듯이 접으면 완전한 원형은 아니어도 비슷한 모양이 나왔던 것 같다.

거기에 대한 특별한 설명은 없으셨지만, 내가 보기엔 부모님 때부터 이어온 집안의 전통 같은 것이 아니었을까 싶다. 누구에게나 작은 습관이 있듯이, 다른 사람이 볼 때는 대수롭지 않지만 나에겐 의미가 있을 수 있는 것 아니겠는가? 아마 선생님에게는 아침에 이불을 개고, 침대를 만지며 베개의 모습을 원래의 모습으로 되돌려놓는 작은 행위가 엄마에 대한 기억과 행복감을 주는 것이 아니었을까 싶다. 그렇게 선생님은 날마다 하루를 시작하셨던 것이 인상적이었다.

우리 가족만이 갖고 있는 고유의 전통 같은 것은 어떤 것이 있는지 되짚어 보는 것도 나쁘지 않을 것 같다. 그 전통을 잠시나마 떠올리면서 가족의 온정과 아름다운 추억을 떠올릴 수 있을 테니 말이다. 더 나아가 우리는 평소에 어떠한 전통을 자녀들이나 다음 세대에게 물려주고 있는지 궁금하다.

거의 1920년대 내지는 1930년도쯤에 나온 침대니,
내가 사용했을 때만 해도 60년이나 그 이상 된 것을
선생님은 아무렇지도 않게 사용하고 계셨던 것이다.
그러니 침대가 편할 리가 없지 않은가?

책과 극본

선생님은 평소에 책을 가까이 하셨던 것이 기억에 남는다. 그 말을 달리 표현하면 글을 가까이 하셨다고 할 수 있다. 그래서였을까…… 선생님은 나에게 글에 대한 남다른 호기심을 일찍이 갖게 해주셨다. 그런 의미에서 선생님이 아니었다면 나는 글에 별다른 관심이 없었을 것 같다. 그만큼 그분의 격려 한마디 한마디가 오늘의 나를 만들었다고 생각한다. 내 글에 등장하는 단어 하나하나마다 그분의 숨결과 기도가 배어 있다고 할까? 그 사랑에 보답할 길은 없지만 그분이 평생 만드셨던 희망을 나도 만들고 싶다.

사실 선생님이 펴낸 책은 없는 것 같다. 아니, 소책자는 있는데 정식으로 출판된 글은 아닌 비매품만이 있다. 그 대신 선생님

한 페이지 한 페이지가 모아져서
의미 있는 책이 세상에 탄생하듯,
사람들의 마음이 하나둘 모아질 때
보다 더 균형 있고 아름다운 사회가 만들어지니까.

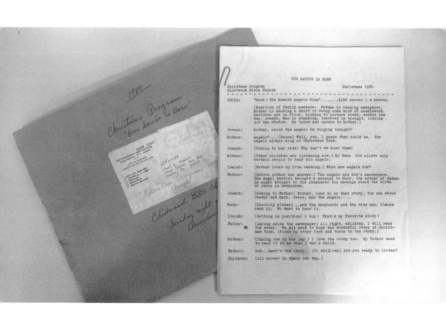

은 당신이 가르치신 어빙턴 초등학교의 학생들을 위해 연극 대본을 여러 차례 만드신 것으로 기억한다. 특히나 문화적 혜택을 누릴 수 없는 시골 마을의 소외된 학생들을 위해 몸부림치신 흔적이다.

어떤 형태로든 책은 한 사람의 힘으로만 만들어지지 않는 것 같다. 마을이 한 사람이나 한 가구로만 이루어지지 않는 것처럼 책이 온전히 만들어지기까지는 여러 사람이 협동할 때 비로소 책다운 책이 나오는 것 아닐까?

글이든 그림이든 다 그렇다. 혼자서 작업을 한다고 하지만, 사실은 음악을 들으면서 작업을 한다면 나에게 영감을 주는 음악인이 도왔다는 뜻이고, 재료를 공급해주는 자연과 사람이 없다면 그 역시 불가능한 일이기 때문이다.

이 세상에 행복을 만들어가는 일도 희망을 만들어가는 일도 그런 것 아닐까? 한 페이지 한 페이지가 모아져서 의미 있는 책이 세상에 탄생하듯, 사람들의 마음이 하나둘 모아질 때 보다 더 균형 있고 아름다운 사회가 만들어지니까.

포도밭

파워스 선생님 댁의 앞마당을 나와 비탈진 언덕을 오르면 작은 포도밭이 있었던 것으로 기억한다. 하지만 언젠가부터 그 포도밭이 자취를 감추기 시작했는데 어쩌면 포도 농사에는 적합지 않은 기후적 조건 때문이 아니었을까 싶다.

아무튼 그렇게 작은 포도밭이었던 땅이 어느 날부터 잔디밭으로 탈바꿈하면서 여름철이 되면 일주일이 멀다고 잔디 깎는 일을 해야만 했다. 물론 기계로 하는 일이긴 한데 한여름에 비탈진 풀밭을 반나절 동안 깎는 일은 보통 힘겨운 일이 아니었다. 그것을 파워스 선생님은 수십 년간 하셨으니 발목에 이상이 생기지 않을 리가 없었다. 그렇다고 돈을 주고 누구를 시킬 분도 아니었기에 잔디 깎는 일은 거의 선생님 몫이었다.

나도 거들어 드린다며 수차례 시도는 했지만 선생님을 만족시킬 만한 실력은 분명 아니었을 것 같다. 그래도 잔디를 깎으며 중간에 쉬는 시간을 가질 때는 참 좋았다. 그렇게 그늘 아래 쉬면서 시원한 얼음물 한 잔을 마시든, 수박을 먹든, 그 시간은 참 행복했다. 소소한 것이 주는 행복감이란 돈으로도 살 수 없지 않던가?

그런데 파워스 선생님은 늘 작은 것에 감사했고, 작은 것에 행복감을 누렸던 것 같다. 가진 것이 많지 않아도, 그분의 내면에 있는 행복감을 빼앗아 갈 수 있는 것은 아무것도 없었던 것이다. 그것의 비결은 무얼까? 파워스 선생님은 어떤 상황에서도 자족할 수 있는 비결을 알았기 때문이다.

우린 과연 인생의 포도밭에 무엇을 심을 것인가? 사랑을 심을 수도 있고 미움을 심을 수도 있다. 또한 감사를 심을 수도 있고 원망과 불평을 심을 수도 있다. 파워스 선생님은 사랑을 심었고 감사를 심었다.

우리 어머님의 좌우명이 있다면 '심겨진 곳에서 꽃을 피우라'는 말이다. 내가 어디에 있든지, 그곳에서 나의 최선을 다하고 만족하며 감사하는 사람이야말로 가장 아름다운 사람 아닐까? 내가 있는 그 자리를 아름답게 하는 일. 들풀도, 들꽃도 그렇지 않은가 말이다. 그 자리를 묵묵히 지키면서 주변을 아름답게 해주는 역할을 감당하듯 오늘을 그렇게 넉넉하게 살 수 있다면 좋겠다.

오래된 체스트

미국에서는 과거에 체스트(나무 상자로 만들어진 가구)를 물건을(겨울 옷, 이불, 등) 임시로 보관하는 용도로 사용하거나, 이따금씩 이사를 가거나 장거리 여행을 갈 때 짐을 이동하는 용도로 사용한 경우가 많았다. 하지만 요즘은 거의 자취를 감춘 느낌이지만 일부 집안에서 여전히 짐을 보관하는 경우로 사용되기도 한다. 우리 식으로 말하면 옷장 같은 느낌이라고 해도 될 것 같다.

사진이 말해주듯이 파워스 선생님 댁에 체스트가 하나 있기는 한데 사실 그 안을 들여다본 기억이 나질 않는다. 보나마나 파워스 선생님의 체스트 안에는 별다른 물건이 없었을 것 같기도 하다. 특별히 장거리 여행을 다니시거나, 어떤 물건을 보관하는 경우를 보지 못했기 때문이다. 만일에 두고두고 간직할 법한 물건이 있으셨다면 지인들로부터 받은 우편물이나 사진, 정도가 전부였을 것 같다.

어쨌거나 내가 아는 선생님은 무소유까지는 아닐지라도 소유욕에서 워낙 자유했기에 아마 자신이 아끼는 모든 물건을 모아도 이 상자 안에 다 들어갈 수 있을 정도였으리라 나는 자신 있게 말할 수 있다.

내가 개인적으로 버리길 꺼리는 물건 중에 하나가 책이라 하겠다. 책을 그렇게 많이 보는 것 같지도 않은데 왜 책에 대한 집착이 있는지 잘 모르겠다. 그렇게 아끼는 책이지만 가끔씩 버리기도 하고, 정리도 해야 된다는 설명은 수차례 들었음에도 불구하고 실천에 옮겨지지 않을 때가 훨씬 더 많다.

옷에 대한 애착이나 다른 물건에 대한 집착은 별로 없는 편이기 때문에 책이나 일기 외에는 거의 버려도 크게 상관이 없을 것 같다. 그런데 잘 모르겠다. 그것도 막상 부딪혀 봐야만 알 수 있는 일이니까. 아무튼, 내가 가진 것을 최소화하는 것, 그리고 그것을 습관화하는 생활이야말로 따라 해보고 싶은 모습이다.

각자의 취향이 다르듯 사람마다 물건에 대한 욕심도 다르겠지만 우리가 평소에 가장 아끼는 물건에는 어떤 것이 있을까? 그리고 과연 나는 그 물건들과 얼마나 쉽게 이별을 할 수 있을까 싶다.

한 번쯤은 스스로에게 물어볼 만한 가치가 있는 질문이 아닐까 싶다. 집안에 '체스트'는 없을지라도 내 삶에서 가장 소중한 것이 있다면 과연 무엇이 간직되어질까? 내가 평소에 가장 아끼는 소품은 어떤 것이 있을까? 외딴 섬에 이것 한 가지만을 갖고 가야 한다면? 한 권의 책일까? 일기일까? 편지일까? 사진일까? 라디오일까?

그것을 잘 보관하고 간직하는 것도 중요하지만 그렇게 하기 위해서는 평소에 그 외의 물건을 정리하거나 버리는 습관 또한 소홀히 여겨서는 안 될 일상 속 훈련이 아닐까 싶다.

파워스 선생님 댁에 체스트가 하나 있기는 한데
사실 그 안을 들여다본 기억이 나질 않는다.
보나마나 파워스 선생님의 체스트 안에는
별다른 물건이 없었을 것 같기도 하다.

시편 100:2

    이 부분은 사실 선생님께 여쭤 볼 기회가 없었던 부분이긴 하다. 그런데 방 한쪽 구석 탁자 위에 누군가 시편의 문구 일부를 글로 수놓은 액자가 덩그러니 놓여 있다. 선생님이 교회에 무슨 직분이 있거나 신앙심이 대단한 건 아니었지만 이 작은 액자가 선생님에 대해 많은 것을 말해주는 것 같다.

    그만큼 선생님의 생활 속에는 그 중심에 하나님에 대한 고백이 있었다고 하겠다. 우리 아버지를 향한, 혹은 나를 향했던 사랑의 마음도 바로 거기에서 출발된 것 같다. 평소에 하나님에 대해 '빚진' 마음을 가졌기에 선생님의 시선도 남을 향할 수 있지 않았을까?

    이 사진 속에 흥미로운 사실이 한 가지 있다. 철자 하나가 틀리다는 점이다. 본래 Present라고 하는 글은 Presence이라고 표기되어야 하는데 이 문구를 수놓은 사람이 실수를 했거나 착각을 한 모양이다. 그리고 파워스 선생님은 영어 선생님이었기에 Present란 단어와 Presence란 단어를 모를 리 없다.

내 추측이건데 이 문구는 가령 선생님의 어머님이 직접 만들었거나 가까운 지인에게 선물을 받은 것 같다. 하지만 철자 하나가 틀렸다고 해서 그 물건이나 선물의 가치가 달라지는 것은 아니다. 시장에서 팔리는 물건으로 친다면 흠이 있는 물건의 상품성이 떨어진다고 할 수야 있겠지만 누군가에게 받은 선물이라면 우리의 시각이 달라지기 마련이다. 왜냐면 그 사람의 정성이 보이고 마음이 보이기 때문 아닐까?

그런데 작은 탁자 위 액자에 수놓은 문구처럼 선생님이 바라보는 삶의 방식도 그랬던 것 같다. 선생님은 당신에게 의미가 있는 것은 그 어떤 것도 버리지 않았다. 개인적인 의미가 있는 것은 편지 한 통도 버리지 못했고, 볼품없는 초록색 플라스틱 컵 하나조차 어머님의 흔적이 묻어 있었기에 버리지 못했던 것 같다.

그런데 사람을 바라보는 방식도 그랬던 것 같다. 그 산골 아이들의 가난함과 초라함 속에서 선생님은 하나님의 가능성을 보았다고 할까? 저들의 부족함과 모자람 속에서 선생님은 또 다른 기회를 보신 것이다. 수놓은 글 속 문구 하나가 틀렸다고 해서 그 가치가 선생님에게 덜 소중하게 여겨지지 않았던 것처럼 실수투성이인 학생, 혹은 집안 사정 때문에 시험을 제대로 못 본 학생들을 특별히 살피신 것 같고 그런 의미에서 성적이 우수한 학생이나 1년 내내 개근한 학생보다는 그렇지 못한 아이들을 향한 마음이 크셨던 것 같았다.

다시 위의 두 단어로 돌아가 보면 하나는 선물이란 단어이지만 또 다른 단어는 말 그대로 함께한다는 뜻의 단어이다. 나 나름대로 재해석 하는 것 같긴 하지만 선물은 일회성이 있는가 하면 함께함에는 좀 더 의미가 깊은 것 같다. 다시 말해 함께함에는 자신이 선물이 된다는 의미도 포함된 것 아닌가? 선생님은 그런 식으로 자신을 내어주면서 자신이 선물이 되어주신 분이라고 하고 싶다.

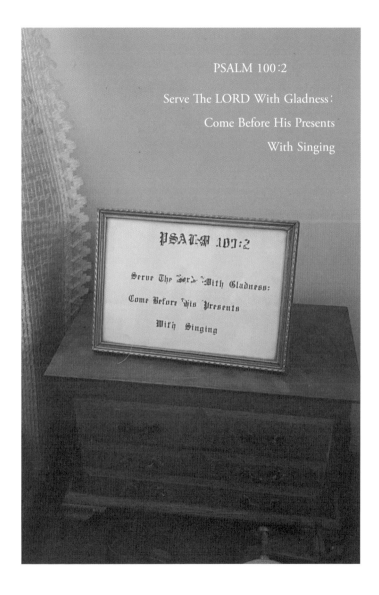

PSALM 100:2

Serve The LORD With Gladness:

Come Before His Presents

With Singing

싱어(Singer)

싱어(Singer)는 아마도 미국에서 가장 오래된 재봉틀 브랜드가 아닐까 싶다. 함께 생활을 하면서 파워스 선생님이 옷을 수선하는 모습도 간간히 본 기억이 있는데 그때 사용한 재봉틀이 바로 싱어다. 자주 있는 일은 아니었지만 바지의 끝자락이 터지거나 실밥이 풀리는 경우가 생기면 그걸 고치는 간단한 정도의 수선은 손수 하셨다.

파워스 선생님의 어머니 때만 해도 미국의 시골 사람들은 옷을 거의 직접 만들어 입는 수준이었기에 선생님은 어린 시절부터 어머님이 재봉틀을 사용하는 모습을 늘 보면서 크셨을 것이다. 게다가 워낙 꼼꼼한 성격의 소유자이기에 관찰력이 뛰어난 파워스 선생님은 비교적 쉽게 어머니로부터 기본적인 수선 기술을 터득하셨나 보다.

해당 회사의 역사적 유래는 잘 모르지만 어쩌면 이름이 '싱어'인 이유가 창립자의 이름에서 따온 것이 아니었을까? 그런데 '싱어' 를 우리말로 직역하면 '가수'라는 뜻이다. 재봉틀과는 아무 상관없 으니 그 사실이 사뭇 더 흥미로운 것 같다. 더군다나 파워스 선생 님은 가수라고 할 수는 없어도 음악적 소양도 제법 뛰어나셨다. 집 에서 가끔씩 노래를 부르며 작은 하프를 연주하는 것을 여러 차례 본 기억이 있으니 말이다. 특히나 조금 더 시간적 여유가 있는 주 말에 '오토 하프'(가슴에 끌어 안고 켜는 소형 하프)를 연주하시곤 했다.

평소에 흥얼거리며 부르신 노래는 버지니아주에 사는 산골 사 람들 특유의 느낌이 났지만 파워스 선생님은 자신이 음악을 즐기 는 것을 넘어서 당신의 일터였던 초등학교의 학생들에게 음악을 포함한 예술의 가치를 심어주기 위해 부단히 노력하신 것으로 기 억한다.

한번은 한국에서 어느 초등학교의 뮤지컬 팀(노래, 부채춤, 태권도, 스킷 드라마)이 선생님의 학교를 방문했는데, 생소한 공연을 본 시골 학교 아이들은 그야말로 열광하지 않을 수 없었다. 문화적 충격이 랄까? 그것도 생전 처음 보는 자기 또래의 한국 아이들을 만나게 되니 짧은 공연 뒤에 아이들끼리 서로 자신을 소개하면서 '펜팔'을 하자며 자기 이름을 발음 나는 대로 한글로 노트에 적어달라는 어린 친구들도 제법 많았다.

무엇보다 먼발치에서 그러한 광경을 지켜보는 선생님의 미소 띤 모습을 지금도 잊을 수가 없다. 아이들이 그런 미소를 짓도록 품는 것 자체가 그분의 삶이었기에 선생님은 그 한적한 시골을 떠날 생각을 아예 하지 못했던 것 같다.

파워스 선생님을 대단한 음악가나 '싱어'로 기억하는 사람은 없을 수 있지만 분명한 사실은 음악을 사랑하는 그 마음만큼은 누구나 인정할 것이다. 그렇기에 날마다 만나는 초등학교 아이들에게 일찍부터 음악적 소양을 일깨울 수 있는 기회를 제공하기 위해 무

던히 자신을 던지셨다. 그 학교에서 배출한 학생들 중에 인기 가수
나 뮤지션이 된 친구들이 있는지는 모르겠지만 선생님의 음악 사
랑은 대부분의 학생들에게 충분히 전달되었을 것 같다.

지게

파워스 선생님 댁에는 우리나라를 상징하는 몇 가지 물건이 장식물처럼 놓여 있는 것을 쉽게 볼 수 있다. 대단한 물건은 아니지만 아마 한국을 방문했을 때 선물 받았을 법한 기념품 같은 것 말이다.

그중에 하나가 지게다. 한국 전쟁 참전 용사로 한국에서 지내는 동안 선생님의 눈에 띄었던 것 중에 하나가 평범한 농민의 지게가 아니었을까 싶다. 그것이 선생님에게는 인상적이었는지 집안에 유일하게 걸려 있는 한국산 장식물이다.

지게꾼에게는 짊어져야만 하는 짐이 있듯이 모든 사람에게는 자기가 져야 할 몫의 짐이 있기 마련이다. 과연 파워스 선생님께는 그 짐이 어떤 것이었을까?

　그 작은 지게가 선생님에게 상징하는 의미는 과연 어떤 것이었을지 궁금하지만 어쩌면 한국 전쟁에 참전한 그 자체가 삶의 짐이었을 수도 있을 것 같다. 수많은 병사들이 옆에서 죽어가는 것을 직접 목격하는 아픔을 견뎌야 했으니 말이다. 아니면 어서 집으로 돌아오라는 엄마의 편지를 무시한 채 계속해서 언제 죽을지 모르는 군인으로서의 임무를 다하려는 책임감에서 오는 짐이 더 컸을까? 혹은 결혼도 하지 못한 채 독신으로 생활하기로 다짐한 그의 내면의 짐 같은 것이었을까? 어쩌면 우리 아버지의 교육을 8년 동안 감당하며 떠안게 된 재정적인 짐이었을지도 모른다. 그것도 아니라면 우리 할머니에게 10년 안에 아들을 다시 당신의 품으로 돌려보내겠다는 약속의 짐이 무거웠을까?

　방 한구석을 차지하고 있는 그 지게가 파워스 선생님께는 어떤 것을 상징했을지 이제 아무도 알 수 없는 일이다. 오히려 그것은 그렇게 중요한 일이 아닐지도 모르겠다. 하지만 그것이 어떤 것이든 짐이 반드시 나쁜 것만은 아닌 것 같다. 지게꾼이 지는 짐처럼, 그 짐이나 물건이 다른 사람에게 도움을 주고 그 사람에게 생명을 제공해준다면, 그것은 좋은 짐이 아닌가 말이다.

　파워스 선생님이 일평생 지신 짐은 바로 그런 역할을 했다고 나는 생각한다. 누군가를 위한 축복의 통로가 될 수 있다면 자신의

지게꾼이 지는 짐처럼,

그 짐이나 물건이 다른 사람에게 도움을 주고

그 사람에게 생명을 제공해준다면,

그것은 좋은 짐이 아닌가 말이다.

짐은 달게 지는 그런 역할 말이다. 그분은 어떤 짐이든 늘 기꺼이, 기쁘게 진 것 같다. 사랑의 짐이란 그런 거니까.

4
부

다른 사람을
위한 삶

초등학교

파워스 선생님은 초등학교 교사로 40년 가까이 일을 해오신 것으로 기억하는데, 은퇴 후에도 약 10여 년 가까이 같은 초등학교의 자원봉사로 늘 등교를 하셨다. 자신이 도울 일이 있다면 기꺼이 몸을 던져 아무런 금전적인 보상 없이도 학생들 곁을 지키고 싶으셨기 때문이다.

선생님은 주로 5학년이나 6학년 아이들을 담임하셨는데, 그 이유도 단순했다. 사춘기를 앞두고 있기에 가장 다루기 어려운 아이들이 당신의 차지가 되었으면 하는 바람에서 늘 다른 학년은 고사하고 그 학년을 선호하셨다고 한다. 그러니 다른 선생님들은 아마 기뻐 뛰지 않았을까? 매일같이 사고 치는 그 골치 아픈 녀석들을 파워스 선생님이 대신 책임지겠다고 하니, 얼마나 감사한 일인

가 말이다.

그러던 와중에 한번은 학교 측에서 선생님께 제안이 들어왔다. 다른 제안이 아니라 교장 선생님이 되어달라는 것이었다. 그 말은 사회적인 신분이나 위상도 그만큼 올라가는 셈이지만 급여도 달라지는 것을 의미했다. 결국 승낙한 선생님은 1년을 역임하신 후에 "내가 있어야 할 자리는 교실 같다"며 교장의 자리를 뒤로하고 다시 말썽꾸러기 아이들 곁으로 돌아가기로 하셨다. 선생님에게 중요한 것은 사회적 신분이나 위치가 아니었다. 오히려 한 명의 학생 곁으로 가서 그 아이를 돕는 일이 중요했다. 가장 낮은 자리가 선생님에게는 가장 잘 어울리는 자리라고 생각하셨던 것 같다.

이쯤에서는 파워스 선생님의 제자였던 한 학생의 이야기를 소개하는 것이 적절해 보인다.

"저는 어빙턴 초등학교를 다닐 때 버지니아주 디킨슨 카운티 (Dickenson County)에서 자랐습니다. 저희 부친께서는 탄광촌에서 일하는 광부이셨고, 우리 집은 브러시 리지(Brushy Ridge)이라는 마을에 살았는데 평소에 스쿨버스를 타고 등교하려면 대략 25분 정도가 걸렸던 것 같습니다.

그 어린 시절 저는 학교를 매우 좋아했지만 무엇보다 파워스 선생님의 학생이라는 사실이 가장 자랑스러웠습니다. 선생님의 교실은 본관에 있지 않았고, 그 옆에 설치된 가건물에 있었습니다. 그런데 제 기억 속에는 그 가건물이 본관과 동떨어져 있었던 것처럼, 제가 어릴 적 기억임에도 불구하고 파워스 선생님은 일반적이지 않고 남다른 분이라는 것을 상징적으로 떠올려준 과거의 추억이기도 합니다.

다른 선생님들이 번듯한 본관을 선택하셨다면 파워스 선생님은 춥고 썰렁한 임시 건물을 선택하신 것입니다. 임시 건물이 학교의 본관과 달랐던 것처럼 파워스 선생님은 다른 선생님들과는 달랐던 것 같습니다.

파워스 선생님은 당신의 직업을 사랑하셨고 더군다나 학생들을 무척 아끼셨습니다. 그분은 우리 한 명 한 명이 소중하다는 것을 깨닫게 하셨고 그분의 교실에서는 '불가능'이란 표현이 금지되었던 것 같습니다. 그분은 우리 각자에게 가족과 같은 분이셨고, 선생님 말씀을 거스르는 친구도 거의 없었습니다. 그만큼 우리는 선생님 앞에서 최선을 다하고 싶었고 자랑스러운 제자들이 되고 싶었습니다.

하나님은 우리 모두를 향하신 당신의 계획이 있답니다. 저에게는 파워스 선생님을 만나게 된 것이 가장 큰 축복 중에 하나입니다. 제가 현재 학생들을 가르치는 일을 29년째 하는 것도 선생님의 영향 때문입니다. 무엇보다 학생 한 명 한 명이 특별하다는 것을 일러주기 위해 노력하고 저들에게 자존감을 높여주기 위해서 남들이 쉽게 놓칠 수 있는 장점을 찾아주고 있습니다. 왜냐면 그것이 제가 그 옛날에 파워스 선생님으로부터 배운 인생의 교훈이었기 때문입니다.

비록 선생님만 한 스승이 될 수는 없겠지만 교실에서 선한 영향을 끼치기 위해 오늘도 최선을 다하고 싶습니다."

베이타 라일(Veita Lyle)

손 편지

파워스 선생님에게 있어 편지는 단순히 소통의 수단이라기보다는 관계를 이어주는 일상에 가까운 것 같았다. 그의 편지를 읽고 있노라면 무슨 마법의 세계나 동화 속으로 빨려드는 느낌마저든다. 나는 선생님으로부터 받은 수십 통이나 되는 편지를 차곡차곡 보관해왔고 가끔씩 그 편지들을 꺼내서 읽어보곤 한다. 그 속에 담긴 선생님의 숨결, 마음, 그리고 생각을 느낄 수 있기 때문이다.

어찌 보면 내가 글쓰기에 관심을 갖게 된 가장 결정적인 원인도 선생님의 편지 덕분이라고 생각한다. 왜냐면 편지를 받을 때마다 가급적이면 답장을 하려고 애쓰다 보니, 조금씩 글쓰기에 익숙해졌다고 할까? 나에게 글쓰기에 대한 일종의 호기심과 자신감을 갖게 해준 통로 역할을 한 셈인 것이다. 더군다나 선생님의 어휘

력이나 단어 선택을 접할수록 그만큼 노련한 실력은 아닐지라도 나 나름대로 선생님을 조금씩 흉내 내지 않았나 싶다. 아무튼, 내가 보낸 답장의 수도 늘어나게 되면서 글쓰기에 자연스레 더 관심을 갖게 된 것은 감사의 제목이요, 축복의 제목이라고 할 수 있다.

아쉬운 것이 있다면 요즘은 점차적으로 '손 편지 문화'가 사라지고 있다는 사실이다. 디지털 문화에 익숙해진 나머지 속도감과 효율성의 이름으로 과거의 편지와 같은 아날로그식 소통은 사라지고 메일이나 문자와 같은 디지털 방식이 그 역할을 대신하고 있다. 초스피드 사회인 현재 사회에서 메일이나 문자의 기능적인 역할도 물론 소중하지만 아무래도 과거에 우리가 선택했던 손 편지의 매력보다는 덜한 것 같다.

가끔씩이라도 사랑하는 가족이나 연인에게, 그리고 친구에게 짤막한 손 편지를 써서 보내는 것은 어떨까? 커다란 감동은 아닐지라도 평소에 잘 느껴보지 못하는 소소한 감동이 있는 센스 있는 '소확행'이 될 것을 자신하기에.

수많은 메일은 지워지고 버려져도, 여전히 내가 파워스 선생님의 편지를 간직하는 이유가 여기에 있는 것 같다. 보고 또 다시 봐도 감동이 고스란히 살아 있기 때문이다. 그것이 바로 손편지의 힘 아닐까?

통조림 오프너

파워스 선생님의 시골집에 살면서 아마 가장 많이 먹은 음식은 과일, 야채, 식빵, 감자, 그리고 깡통 통조림 안에 들어 있는 스프나 야채(옥수수 등)가 아니었을까 싶다. 차도 없었기 때문에 마트에 가는 것도 겨우 한 달에 한 번 정도 있을법한 이벤트였으니 말이다. 게다가 마트를 간들 한참을 걸어서 돌아와야 하니 물건을 늘 최소화 하는 것은 기본!

그런데 중요한 것은 통조림 오프너가 없으면 음식을 먹기가 참 곤란하다는 사실이다. 그래서 나는 아무것도 아닌 것 같은 오프너가 고맙게 느껴지는 날까지 있었던 것 같다. 두 총각이 요리를 하면 얼마나 잘하겠는가 말이다. 비록 통조림 요리가 우리 식단을 제법 차지했어도 고마움 가득했고, 배고픈 날은 있었어도 굶은 날은

통조림 음식을 얼마나 많이 먹었길래
오프너가 아예 벽걸이용이다.

없었던 것 같다.

　통조림 음식을 얼마나 많이 먹었길래 오프너가 아예 벽걸이용
이다. 서랍이나 엉뚱한 곳에 잘못 두었다가 찾지 못하기라도 하면
찬밥 신세니까 선생님은 이렇게 벽에 붙어 있는 캔 오프너를 선택
하지 않았나 싶다. 특별히 볼품은 없어도 도망갈 수 없으니 안성
맞춤이 아닐 수 없다.

선생님은 주로 요리를 담당했다면 나는 주로 설거지를 담당했던 것 같다. 선생님은 물을 아끼는 버릇도 남달랐기에 결코 흐르는 물에 접시를 닦는 경우가 없었다. 커다란 플라스틱 그릇에 물을 많이 받지도 않았고 적절한 양만 받아서 설거지하길 좋아하셨다. 지금은 선생님이 곁에 안 계시기 때문인지 집에서 설거지를 할 때 흐르는 물에 하는 나쁜 버릇이 생겨서 선생님께 죄송한 마음이다.

초록색 컵

부엌의 한쪽 진열장에 차곡차곡 놓여 있는 초록색 컵은 선생님의 어머니 때부터 사용한 플라스틱 컵들이 아니었나 싶다. 파워스 선생님 댁에서 고급스럽거나 새로운 물건을 찾기란 정말 드문 일이었다. 웬만해서는 아예 물건을 구입하지 않기 때문이다. 간혹 누가 어떤 것을 선물해서 받았다면 몰라도 본인이 생각할 때 불필요한 것은 아예 쳐다보지도 않으셨다. 우리 같은 현대인은 광고에 쉴 새 없이 노출되어 있다 보니 불필요한 물건에도 눈이 쏠리고 호기심을 갖기 마련이지만 해쳇은 그와는 거리가 멀었다.

우리는 초록색 컵으로 아침에 물을 마셨고 저녁에도 물을 마셨다. 주스를 마셔도 같은 컵이었고 우유를 마셔도 같은 컵이었다. 하지만 파워스 선생님은 절대 질리는 법이 없었던 것 같다. 심지어

우리는 초록색 컵으로
아침에 물을 마셨고 저녁에도 물을 마셨다.
주스를 마셔도 같은 컵이었고
우유를 마셔도 같은 컵이었다.

는 같은 컵을 양치를 하실 때도 사용하셨으니 말이다. 사용 후 그
저 물로 적절히 헹구어 버리면 끝이었다.

　요즘은 '미니멀리즘'이니 뭐니 단순하게 사는 삶에 대한 책도 나
오지만, 내 생각엔 해챗 같은 시골살이 한두 달이면 몸이 이미 미
니멀리즘에 숙달되지 않을까 싶다.

밭을 매는 도구

사진 속 다양한 도구들이 눈에 띈다. 사람들마다 다른 성격과 재능이 있듯이 사진 속 도구들 역시 제각기 기능을 갖고 있다. 하지만 그 도구의 기능을 배우는 것은 또 우리의 몫이라고 할 수 있어서 용도에 따른 기능을 충분히 살릴 때에만 도구가 본래의 힘을 발휘할 수 있게 된다. 어떻게 보면 가족과도 같다고 하겠다. 아버지의 역할이 있고 어머니의 역할이 있듯이 말이다.

그렇게 우리는 서로를 의지하게 만들어졌는데, 생활 속에서 다양한 도구나 장비를 의존하는 일도 정말 많은 것이 사실이다. 요즘이야 컴퓨터로 일 처리를 하는 경우가 과거에 비해 훨씬 많아져 손으로 직접 하는 일은 적어졌지만 여전히 집안에서든 밖에서든 다양한 장비나 도구의 힘을 빌리는 경우가 많지 않은가? 평소에 별

생각 없이 사용하는 모든 것들이 사실상 그렇다. 작은 컵…… 혹은 접시…… 수저와 젓가락 하나하나가 그렇기 때문이다.

　그만큼 우리는 무엇인가를 '빌려서' 혹은 어떤 힘에 '의지해서' 살아가는 존재라 할 수 있을 것 같다. 파워스 선생님의 삶이 그랬던 것 같다. 물론 선생님은 결혼도 하지 않았기에 사실상 가족이라 할 수 있는 사람이 많지 않았다. 그렇다고 의지할 대상이 전혀 없었던 것도 아니다.

　그런 선생님은 '서로'에 대한 원리를 가볍게 여기지 않으셨다. 수많은 편지를 쓰신 이유도 거기에 있다. 편지를 통해 온정을 전했고 살아 있음을 전했다. 다시 말해 편지 속 단어 하나하나는 상대방의 존재를 인정해주는 통로였다.

　우리가 오늘을 살아갈 수 있는 이유도 우리가 의지하고 바라볼 수 있는 사람들이 가까이에 있기 때문이다. 때로 우린 저들의 생각을 빌리기도 하고, 경험을 빌리기도 하고, 기운과 사랑을 빌리기도 하며 사는 것이다.

별이 빛나는 밤

요즘은 별을 보기가 쉽지 않다고들 한다. 사실 별이 안 보이는 이유는 미세 먼지 같은 오염 때문이 아니라고 전문가들은 말한다. 오히려 별을 잘 볼 수 없는 이유는 주변이 너무 밝기 때문이라는 것이다. 그만큼 상대적으로 어두운 시골에 있을 경우 별을 잘 볼 수 있다고 하니, 캄캄할수록 별이 잘 보이는 셈이다.

해챗은 바로 그런 곳이다. 워낙 어두워서 밤하늘을 바라보면 언제든 별이 춤추는 하늘을 마주할 수 있게 된다. 중요한 것은 그곳이 버지니아주의 해챗이든 어디든 물리적으로 별을 볼 수 있는 것도 의미 있고 행복한 일이겠지만, 우리의 마음속에서 별을 찾는 노력과 몸부림도 충분히 아름다운 일이 될 수 있는 것 아닐까? 파워스 선생님은 그런 분이었다. 마치 전쟁이란 암울함과 미래가 전혀 보이지 않는 어두움에 직면한 한 명의 십대 소년에게 한 줄기 희망의 빛을 발견하게 해주었듯이 말이다.

우리 삶에도 어두움은 찾아오기 마련이다. 크든 작든 말이다. 그것을 피해갈 방법도 없는 것 같다. 하지만 어두움 가운데 희망을 볼 수 있으면 되는 것 아닌가? 물은 절벽을 만날 때 비로소 폭포가 될 수 있듯, 우리가 만나는 절벽이나 어두움이 결국에는 아름다움의 변장술 같은 것 아닐까?

세 장의 사진

원천 유원지(광교 호수 공원)

안타깝게도 파워스 선생님이랑 같이 찍은 사진은 그렇게 많지 않은 것 같다. 하지만 내가 가장 좋아하는 사진 중에 하나가 이 사진이다. 내 어깨 위로 팔을 편하게 걸치고 내 얼굴을 응시하는 선생님의 모습을 누가 카메라로 순간 포착했는지는 몰라도 내 책상 한쪽에 잘 간직하고 있다.

파워스 선생님은 미국으로 돌아간 이후 1973년이 돼서야 아버지의 초대로 한국을 재방문하게 되었다. 그때 내 나이는 일곱 살이었던 것 같다. 우리 집은 수원이었기에 갈 만한 데라고는 '원천 유원지'밖에 없었다. 지금의 공식 명칭은 광교 호수 공원이지만 그 당시에는 원천 유원지에서 작은 배를 탈 수 있었다. 그렇게 우

oct .73

리는 한가로이 배를 타면서 따스한 햇살을 즐겼다. 파워스 선생님 오른편에 앉아 있는 우리 형은 약간 찬밥 신세 같은 느낌마저 든다. 하긴 형은 빡빡머리 중딩이었으니 징그러운 나이인데다 내가 형보다 훨 귀엽기는 했었지!

요단강 침례식

또 하나 기억에 남는 추억이 있다면 1978년도에 선생님이랑 우리 가족이 이스라엘을 방문했을 때이다. 신비로운 것은 우리가 도착한 날이 크리스마스이브인 12월 24일이었는데 성탄절인 그다음 날 요단강에서 침례를 받았다는 사실이다. 원래 나는 침례 대상이 아니었고, 파워스 선생님만 침례를 받기로 예정되어 있었는데 뚝 위에서 침례를 주려는 아버지와 선생님을 바라보고 있던 내가 갑자기 파워스 선생님이랑 침례를 받고 싶다고 했나 보다. 결국 아버지는 열한 살이었던 나도 물속으로 들어오라고 하셨다. 단순 호기심 때문이었을까? 파워스 선생님이 좋아서였을까? 아니면 믿음의 고백이었을까?

침례식이란?

침례식은 개신교에서의 중요한 의식 중에 하나로 장로교회를 대표하는 세례식이 있다면 침례교회에서는 온몸이 물속에 잠긴다는 의미에서의 침례식이 있다. 대부분의 경우 다른 사람들 앞에서 행해지게 되며 교회에서 목회자의 인도 아래 진행된다.

쉬운 예로 결혼식에서의 지환(반지) 같은 역할을 한다고 볼 수 있다. 지

환 그 자체에 어떤 신비로운 효력이 있는 것은 아니지만 반지가 원형인
이유는 영원을 상징하기 때문에 결혼식에서 증인들이 보는 앞에서 반
지를 교환하는 것처럼 말이다. 개인적 고백을 공개적으로 표현한다고
할까? 침례식이나 세례식 역시 그 자체에 어떤 신비로운 효력이 있는
것이 아니라 '이렇게 살겠습니다'라고 다짐하는 것이다.

참고로 성경에서는 해석의 차이가 있어도 침례교회의 주장은 예수님이
나 그의 제자들은 '침례'를 받았다는 헬라어(고대 그리스어) 성경의 'Bap-
tizw'라는 단어의 어원에 따라 이와 같은 전통이 이어지게 된 것이다.

나이아가라 폭포

마지막으로 내가 가장 좋아하는 사진은 파워스 선생님과 함께 나이아가라 폭포를 등지고 찍은 것이다. 이 사진을 좋아하는 이유는 어쩌면 내 생에 가장 중요한 세 명의 남자들과 같이 찍은 유일한 사진이기 때문이다. 요셉이 형, 아버지, 그리고 파워스 선생님. 그런데 오래전 사진이라 그런지, 원래 어둡게 나온 건지 모르겠지만 정작 나는 애써서 찾아봐야 겨우 있다는 것만 간신히 알 정도다. 그래도 왠지 이 사진이 난 좋다. 보일 듯 말 듯, 있는 듯 없는 듯한 모습에서 뭔가 오묘한 매력이 느껴진다고 할까?

이 사진 속에서 한 가지 흥미로운 건 파워스 선생님만 유일하게 카메라를 바라보지 않고 하늘을 바라보는 것 같다. 왜 그런지는 모르겠다. 아니 특별한 이유가 없을 수도 있다. 그런데 그게 선생님이 살아온 삶의 방식처럼 느껴질 때가 많다. 하루하루의 삶 속에서 불필요하게 사람을 의식하거나 주변을 의식하거나 카메라를 의식하기보다는 하늘을 의식하며 바라보는 사람으로 살아왔다고 할까?

보일 듯 말 듯, 있는 듯 없는 듯한 모습에서
뭔가 오묘한 매력이 느껴진다고 할까?

전쟁터에서의 만남

　사람이 사람을 만나는 일은 정말이지 흥미롭고 신비로운 일이 아닐 수 없다. 그것도 전쟁 통에 말이다. 아버지는 6·25전쟁 당시 열다섯 살 나이에 '하우스보이'로 미군들의 허드렛일을 돕는 일을 하셨다. 추위에 떨고 있는 군인들을 위해 땔감을 해오고, 불을 지피고, 설거지를 돕고, 빨래를 하며, 텐트를 청소하는 일을 하는 대가로 영어도 배우고 껌이나 초콜릿, 또는 담배나 통조림 같은 물건들을 받았다고 한다.

　아버지는 그 와중에 버지니아주에서 온 파워스 선생님을 만나게 되면서 운명이 바뀌기 시작했다. 미국에 유학을 가지 않겠느냐는 갑작스런 제안에 처음에는 겁부터 먹었지만 선생님의 지속적인 설득 앞에 아버지는 할머니의 승낙을 받고 미국 유학길에 오른다. 놀라운 사실은 파워스 선생님이나 그의 가족이 부유했던 것이 아니라는 점이다. 오히려 가난한 탄광촌의 아들로 자신의 형편도 어려워 대학의 꿈을 미뤄두고 군에 입대하게 되었던 사정이었다. 그런 와중에 파워스 선생님은 전쟁 통에 부지런히 미군의 일을 돕는 한 소년의 모습에 감동을 받고 기회를 주고 싶은 마음이 든 것이다. 두 사람의 사이는 날이 갈수록 두터워졌고 파워스 선생님은 아버지에게 '빌리'라는 영어 이름을 지어줬다.

나중에 들은 이야기이지만 파워스 선생님은 그 당시 전쟁으로 폐허가 된 나라의 젊은이들을 모두 도울 수는 없어도 자신이 최선을 다하면 한 명은 도울 수 있겠다는 생각을 하고 이를 실천했다고 한다. 아버지를 어렵게 미국 학교에 등록시킨 선생님은 자신의 학업은 오히려 포기한 채 아버지의 학비를 벌기 위해 동시에 두 가지 일을 병행할 정도로 눈코 뜰 새 없이 바쁘게 생활한 은인이라고 할 수 있다. 엄밀히 말하면 아무런 관계도 없는 한 명의 십대 소년을 위해 자신의 모든 것을 희생한 것이었다.

유학 생활을 마친 뒤 파워스 선생님을 찾아가 인사를 건네며 어떻게 자신이 그동안 진 빚을 갚을 수 있겠느냐고 묻자 선생님은 단 한마디 말을 했다고 한다. 한국에 돌아가 어려운 이들을 도와주기 위해 최선을 다하는 것이 곧 빚을 갚는 것이라고. 파워스 선생님은 그 어떤 보상도 바라지 않았다. 그저 순수한 뜻으로 아버지를 도와준 것처럼 아버지도 고국으로 돌아가 그렇게 살기를 원하는 것이 전부였다. 그런 빚진 마음 때문에 아버지는 장학재단을 설립하게 된다. 마음의 빚을 그렇게라도 갚고 싶은 마음에서 말이다.

파워스 선생님의 이름 P와 아버지의 성 K의 두 영문 철자에서 이름을 딴 장학재단 PK가 탄생하게 되었다. 아버지가 은퇴 후에 어떤 일을 할 수 있을까를 고민하며 얻은 답이었다고 설명하신다. 8년 동안 공부를 시켜주신 은인을 기억하면서 당신이 할 수 있는 최소한의 보답이었다고 말이다.

어찌 보면 초라하게 시작된 장학재단이지만, 단 한 사람의 학생에게라도 실질적인 도움을 주고 학업의 기회를 열어줄 수만 있다면 충분히 의미 있고 아름다운 일 아니겠는가? 그렇게 장학재단은 시작되었고, 현재까지 탈북자를 포함해 천여 명이 훌쩍 넘는 학생들에게 장학금을 줄 수 있게 되었다.

바라기는 앞으로도 돈이 없다는 이유로 학업에 대한 꿈이 좌절되는 일이 없는 사회를 만들어 가는 것이다. 누구에게나 배움의 기회가 공평하게 있어야 하기 때문이다.

작은 소망

내가 갖고 있는 작은 꿈 중에 하나는 파워스 선생님의 생가를 복원하고 거기에 작가들을 위한 쉼터를 만드는 일이다. 물론 워낙 외진 곳이라 접근성이 떨어지긴 하지만 일주일 단위나 혹은 며칠이라도 숙박이 가능한 그런 곳을 만들어 보려고 한다.

특히나 글쓰기에 관심이 많았던 선생님을 기념하는 차원에서 그것보다 더 의미 있는 일이 없을 것 같아 그런 결심에 이르게 된 것 같다. 그 일을 추진하기 위해서는 여러 가지 행정적인 절차는 물론 적잖은 비용도 발생하겠지만 한 번에 한 가지씩 차차 준비해 나가면 되지 않을까 싶다. 시작은 반이니까.

생가는 1915년에 지어진 집이기에 백 년이 넘어 곳곳에 수리가 필요하지만 어느 정도 복원을 하면 방문객이 와서 파워스 선생님이 생활하신 공간의 숨결을 직접 경험할 수 있을 것 같아 추진하려는 것이다. 어찌 보면 허황된 꿈같아 보이기도 하지만 꿈은 꾸기 위해 있는 것이 아닌가?

　책이나 글로 역사적인 인물을 만나는 것도 가능한 일이지만 파워스 선생님의 생가를 방문하는 사람이 많든 적든, 그분이 실제로 어떤 모습으로 세상을 살아오셨고 어떤 모습으로 생을 마감했는지 피부로 느낄 수 있다면 그보다 더 효과적인 교육이 없을 것 같다. 결코 간단한 일은 아니겠지만 말이다.

　해쳇은 어린 시절에 흐르는 개울에서 물놀이 하며 뱀을 잡고 강아지랑 놀고 산책하며 이웃집 아이들과 어울려 놀던 정겨운 산골짜기에 자리 잡고 있다. 글을 쓰거나 그림을 그리거나 산책하기에는 안성맞춤이다. 단 한 가지 흠이 있다면 태평양을 건너가야 하는 점이라고 할까?

나가면서

어찌 보면 파워스 선생님의 이상적인 면모만을 그려놓은 것 같기에 한편으로는 조심스러운 것도 사실이다. 하지만 그분이 완벽하거나 완전하다는 의미는 전혀 아니라는 것을 독자들이 이해해주었으면 한다. 파워스 선생님은 당신 스스로 본인은 전혀 의롭거나 완전한 인간이 아니라고 하실 것이 틀림없다. 누구보다도 가장 먼저 그 사실을 인정하실 분이 바로 파워스 선생님 본인이라고 난 생각한다. 그래서 나의 의도 역시 완벽한 인간의 모습을 표현하려는 것은 아니었음을 밝힌다. 어찌해서 사람이 부족하거나 불완전하지 않겠는가 말이다. 그렇다면 인간이 아닌 신에 더 가깝지 않겠는가?

나는 그저 내가 경험한 파워스 선생님의 성품과 정신을 다른 사람들과 나누고 싶을 뿐이다. 좋은 카페를 가면 사랑하는 사람에게 소개해주고 싶고 좋은 영화를 만나면 사랑하는 사람에게 보여주고 싶은 욕심처럼 말이다. 비록 더 이상 우리 곁에 살아계시지는 않지만 내 개인적인 욕심이 있다면 죽는 날까지 파워스 선생님을 더 많은 이들에게 소개해주고 싶고 만나게 해주고 싶다.

칼(Carl) 아저씨,

아저씨가 이제 가까이에 계시지 않는다는 사실이 정말이지 안 믿겨지네요. 병으로 아프시다는 소식을 듣고 LA에서 비행기를 타고 브리스톨(Bristol)의 병원에 찾아뵈었던 때가 불과 두 달 밖에 지나지 않았는데 말입니다.

그날도 특별히 아파 보이지 않으셨고 제가 어릴 적부터 항상 같이 이야기를 나누었던 시간들과 크게 다르게 느껴지지 않았었는데…… 이렇게 갑작스럽게 돌아가실 줄은 정말 몰랐어요.

지난번에 잠깐 병원에 방문 했을 때, 헤어지기가 어려워서 작별 인사가 좀 어색했었죠? 그 병원을 떠나오는 것이 사실은 무척 싫었답니다. 아마도 언제 또 뵐 수 있을지 몰라서였겠죠?

그날 정말 많이 울었던 것 같아요. 그래서 인사드리고 난 뒤에 주차장까지 갔다가 다시 돌아와서 서로 부둥켜안고 울기만 했었죠. 울지 않으려고 애썼지만 소용없더라고요. 저희 둘은 그렇게 한동안 같이 울었습니다.

왜 그리도 힘든 일인지요? 그러고 나서 저는 아저씨 곁을 떠나왔습니다.

하지만 되돌아보면, 떠나지 말걸 그랬었나 봅니다. 그 자리를 떠난 것이 내내 아쉽기만 하네요. 적어도 거기에 남아서 눈을 감으시는 그 순간까지 아저씨의 곁을 지켜드렸어야 했는데 말입니다.

병원을 떠나오면서 제가 한 말이 기억나네요.

"You gotta be strong, soldier, OK?"

"군인 아저씨, 꼭 기운 내셔야 합니다."

그렇습니다. 아저씨는 저에게 멋진 군인이었어요. 단순히 한국전쟁에 참전했던 파워스 상사로서가 아니라, 정말 만나기 드문인격과 열정, 게다가 긍휼한 마음까지 소유하셨습니다. 그 군인아저씨가 없는 저의 삶은 작고 초라하게만 느껴지는군요.

저를 너무나 사랑해주셨고, 같이 대화해주셨고, 같이 산책해주셨고, 산속의 동물, 새, 심지어는 약초에 대해서도 알려주시며 엽총과 권총을 쏘는 방법을 가르쳐주셨고, 저의 어린 나이에도 불구하고 도끼로 통나무를 가르는 방법도 가르쳐주셨고, 저에게수많은 편지를 보내주셨고, 가장 친한 친구가 되어주셨습니다.

왜 그리 빨리 떠나셔야만 했나요? 우리 아이들을 더 많이 만나주시길 바랐었는데요. 그리고 우리 아이들이 아저씨를 좀 더 자주 뵈었으면 했는데요. 제가 욕심이 너무 많았던 건가요? 저에게 너무 소중한 아저씨를 우리 아이들이 조금 더 만나고 좀 더

깊이 알아가길 원했는데요.

제가 장례식에도 가지 못해 죄송해요. 사실은 비행기 좌석을 다 예약해 놓았다가, 제가 호주에서 오래전 약속된 행사가 있는 관계로 아버님이 장례식에 가는 것보다 약속된 행사에 다녀오는 게 좋겠다고 하시는 바람에 못 갔습니다. 대신 아버님과 형이 다녀오시긴 했지만요. 그렇지만 지금 생각해보면 무리해서라도 장례식에 다녀올 걸 그랬습니다.

하지만 어쩌면 당신은 아셨나봅니다. 그리고 하나님도 아셨을 것 같습니다. 제가 만일 장례식에 갔었더라면 제 자신을 주체할 수 없었을 것을 말이에요. 그래서 장례식에서 낭독할 편지만 딸랑 요셉이 형 편에 보냈습니다.

이제 호주에서의 일정을 마치고 한국행 비행기 안에 올랐어요. 그리고 이 작은 공간에서 어린아이처럼 한없이 울고 있습니다. 출장 때문에 사실은 여태껏 슬퍼할 기회가 없었던 것 같습니다. 아저씨가 그립습니다. 더 자주 찾아뵙지 못해 정말 죄송합니다. 더 자주 웃게 해 드리지 못해 죄송합니다. 선물을 더 자주 보내드리지 못해 죄송합니다. 아저씨가 좋아하는 땅콩과 피스타치오를 더 많이 보내드리지 못해 죄송합니다. 더 자주 편지를 보내드리지 못해 죄송합니다. 부탁하신 것처럼 아이들의 최근 사진을 보내드리지 못해 죄송합니다. 아저씨가 저에게 너무나 소중하다는 것을 더 자주 표현 못해 죄송합니다. 아저씨의 귀에 대고 아저씨가 얼마나 아름다운 존재인가를 더 자주 말해드리지 못해 죄송합니다.

장례식장에서 형이 대신 낭독해준 편지 글

칼 아저씨께 드립니다. 어디서 어떻게 시작해야 하나요? 버지니아 해쳇(Virginia Hatchet)의 산골짜기에서 함께 지내던 세월을 어찌 잊을 수 있겠어요?

언제나 저를 보며 "까만 머리 자니"라고 부르셨죠. 믿거나 말거나 그 까만 머리 자니는 더 이상 머리가 까맣지도 않아요. 이제는 흰 머리가 더 많거든요.

여전히 이리저리 휘어지는 깊은 산속의 길을 걸었던 기억이 납니다. 그렇게 우리는 같이 학교를 오고 갔죠. 산속에서 힘껏 노래를 부르던 기억도 납니다.

아저씨가 작은 하프를 연주하던 기억도 납니다. 저에게 감동적인 이야기를 들려주셨던 기억도 생생합니다. 그리고 우리의 친구였던 멍멍이 '브루노(Bruno)'와 뛰놀던 기억도 납니다.

저의 모든 것을 아저씨는 받아주셨었죠. 그리고 언제나 저에게 도전과 희망을 주셨습니다.

저의 영어를 돕기 위해서 "서덜랜드"라고 하는 선생님까지 매일 같이 방과 후에 붙여주셨었죠? 진짜 지겹도록 영어 공부를 한 것 같습니다. 하지만 그 뒤로는 아저씨도 후회하셨을 것 같아요. 왜냐하면 말도 안 되는 저의 엉터리 영어 실력으로 아저씨의 귀가 닳도록 마냥 떠들어댔을 테니까요.

하지만 당신이 아니었다면 저는 이렇게 존재하지 못했을 것을 압니다. 당신이 아니었다면 저는 오늘의 제가 아니었을 것도 압니다.

아저씨가 쓰신 글 중에 저에게 감동이 되는 오래 전 글이 하나 있습니다. 아저씨와 저의 아버지에 대해서 쓰신 글이었죠.

《전쟁이 맺어준 우정》이라고 하는 소책자에 담겨진 문구입니다.

"In war we met, in peace we part. Between the two, Christ won our hearts."

"우린 치열한 전쟁 한복판에서 만났으나 이제 평화 속에서 헤어집니다. 하지만 전쟁과 평화 사이에서 예수님은 우리 둘의 마음을 정복하셨습니다."

아저씨, 저는 아마도 계속해서 그 이야기를 많은 사람들에게 전하게 될 겁니다. 왜냐하면 제가 들은 많고 많은 이야기 중에 가장 감동적인 이야기이기 때문입니다.

아저씨를 향한 고마움을 제가 충분히 표현할 길이 없습니다. 아저씨는 사람들의 마음에 감동을 주는 방법을 너무나 잘 알고 계셨고, 저에게 그렇게 하셨습니다. 저에게 셀 수 없는 양의 편지를 보내주시면서 글쓰기에 대한 호기심을 불러 일으켜주셨습니다. 아저씨는 저에게 있어 가장 훌륭한 선생님이셨습니다. 동시에 아저씨는 저에게 아버지 같은 존재이셨습니다. 뿐만 아니라 영원히 잊을 수 없는 영적 멘토가 되어주셨죠. 그리고 저에게 친형 같은 분이셨고요. 그것도 모자라, 저의 가장 소중한 친구가 되어주셨습니다. 그래서 아저씨가 그리도 그리운가 봅니다.

당신은 저에게 믿음을 갖도록 가르쳐 주셨습니다. 저에게 소망을 가르쳐주셨고요. 그리고 사랑을 가르쳐주셨답니다. 하나님을 온 맘 다해 사랑하는 법을, 그리고 이웃을 긍휼히 사랑하는 법을, 그리고 인생을 사랑하는 법을 말입니다.

칼 아저씨, 정말 사랑합니다. 그리고 정말 뵙고 싶습니다. 머지않은 훗날에 뵙게 될 것을 기다리면서,

자니 드림

6·25 전쟁 참전국

　파워스 선생님은 한국 전쟁에 참전한 미군 중 한 명이었다. 한국에 참전한 미국 병사는 총 1,789,000명이었다 하니 그야말로 천문학적인 숫자가 아닐 수 없다. UN 연합군 중에서 그다음으로 많은 군력을 보낸 국가는 영국으로 56,000명인데 그것도 적은 숫자가 아니지만 미국의 지원은 놀랍기만 하다.

　〈위키백과〉자료에 의하면 그 당시 대한민국의 참전군 명수는 1,269,349명으로 파악이 되는 것을 볼 때 미군의 숫자가 한국군의 숫자보다 많았는데, 그 통계가 쉽게 믿겨지 지 않을 정도다. 뿐만 아니라 다른 지원 국가들의 전사자는 두 자리 수, 세 자리 수, 많으면 네 자리 수에서 그치는 반면 미군의 전사자 수는 36,940명으로 파악이 되고 있으니 이 또한 얼마나 놀라운 사실인가. 더 나아가 9,000명 이상이 부상을 입었고, 4,000명 가까운 실종자를 냈으며, 포로는 4,439명으로 파악되고 있다. 이건 단순히 미군의 피해 현황이니 16개국 연합군의 피해 현황은 말로 다할 수 없을 정도라 하겠다.

연합군 참가국은 미국, 영국, 네덜란드, 캐나다, 프랑스, 오스트레일리아, 뉴질랜드, 필리핀, 터키, 태국, 남아공, 그리스, 벨기에, 룩셈부르크, 에티오피아 제국, 그리고 콜롬비아, 이렇게 16개국이 있다.

또한 〈국가기록원〉에 따르면, 유엔 결의문에 따라 회원국 및 국제기구들이 각종 지원을 하기 시작했다. 스웨덴, 인도, 덴마크, 노르웨이, 이탈리아 5개국이 병원 혹은 병원선 등 의료지원을, 그리고 40개 회원국과 1개 비회원국인 이탈리아와 9개 유엔전문기구가 식량제공 및 민간구호 활동에 참여했다. 중국의 개입 이후 미국은 나토(NATO) 증강 등의 약속에 비추어 유럽국가와 기타 회원국들의 참전을 요청하였으나, 중남미, 아시아, 아프리카 국가들로부터의 참전은 콜롬비아, 에티오피아, 필리핀, 태국 등 4개국에 국한되었다. 대부분의 제3세계 국가들은 그들이 집단안보에 대한 정치적 지지를 보냈음에도 불구하고 실질적으로는 참전 여건이 되지 못했기 때문이다. 유엔은 또한 1951년 8월 총회 결의 제500호를 통해 중국과 북한에 대한 경제제재를 채택하는 등 다각도의 전쟁지원책을 강구했다.

카얼 파워스(Carl L. Powers)를 그리며

Carl(카얼).

Carl이란 이름이 우리에겐 제법 생소할 수 있지만 서양에서는 그래도 비교적 흔한 이름 중에 하나라고 할 수 있습니다. 때로는 '찰스(Charles)'라고 불리는 이름이기도 하고요. 우리식 발음은 다소 어려울 수 있지만, '카얼' 혹은 '카를'이라고 할 수 있을 것 같습니다.

네이버 사전을 찾아보면 '남자를 의미하는 게르만어에서 나온 이름으로서 종종 자유인, 누구에게 속하지 않은 사람을 지칭했다'라는 설명이 나옵니다. 한국번역연구소에 의하면 본래 프랑스어 인명 샤를(Charles)이 영어 발음으로 와전된 것으로 친척뻘인 독일 이름 Karl(Carl)은 사람, 혹은 남성이라는 뜻이라고 합니다. 흥미롭게도 이 이름의 기원에 대해서 또 다른 설이 있는데, 바로 고대 독일어로 군대, 혹은 전사들이란 뜻이라고도 합니다.

넓게 보면, 그의 이름에는 적어도 세 가지 의미를 적용할 수 있을 것 같아 보입니다.

남자, 혹은 남자다운.
자유, 혹은 자유로운.
군인, 혹은 전사다운.

제가 보기에 카얼 파워스 선생님께 너무나 잘 어울리는 이름이라고 느껴집니다. 지금까지 만나 본 남자 중에 가장 남자다운 한 분이었고 그의 영혼은 한없이 맑고 자유로웠으며 더 나아가 군인처럼 용맹스러운 모습들을 발견할 수 있었기 때문입니다.

사실 파워스 상사의 이름을 발음하기 어려워 한국전쟁 중에 그에게 한국식 이름을 붙여준 사람도 있었다고 합니다. 고(카얼), 팔수(파워스). 어찌 보면 거꾸로 된 이름이긴 했죠. 왜냐면 영어로는 그의 성이 '파워스'이고, 이름이 '카얼'이니까요. 그래도 그럴듯한 이름이었던 것 같습니다. 그래서인지 아버지께서는 그 어르신을 부를 때 애칭처럼 '고팔수'라고 불렀던 기억도 있습니다. 누군가 한국식 이름을 붙여준 덕에 조금 더 친근한 느낌도 드는 것 같습니다.

저희 아버지는 전쟁 통에 미군들의 심부름을 돕는 허드렛일을 했었습니다. 흔히 '하우스보이'라고 했죠. 학교가 포탄에 맞아 수업을 할 수도 없으니 그 당시 열다섯 살 소년으로 할 수 있는 일이 별로 없었던 것입니다. 미군 한 사람과의 인연이 미국으로 건너가 공부를 하고 미국 여자와 결혼까지 하는 계기가 될 것이라고는 상상을 못 하셨겠죠. 그런데 만남이란 그런 것 같습니다. 결과까지는 예측할 수 없으니까요. 아무튼, 파워스 선생님을 아버지가 전쟁 통에 만나지 않았더라면 저는 이 세상에 존재할 수 없었겠죠. 그런 의미에서 파워스 선생님은 저에게 있어서도 적지 않은 영향을 주신 분입니다.

어린 시절, 말도 안 되는 나이에 1년 가까이 유학을 떠났던 적이 있습니다. 제 나이 만 열 살이었습니다. 그때 버지니아주의 산골짜기에서 저는 파워스 선생님(그 당시에 제가 다닌 Ervington 초등학교의 선생님)과 같이 살았습니다. 선생님은 검소하기로 유명해서, 미국에서 자동차를 구입하지 않고 운전도 하지 않는 분이셨습니다. 돈이 없어서가 아니라, 그냥 일평생을 그렇게 살아오셨습니다. 그래서 눈이 오나 비가 오나 저희 둘은 날마다 왕복으로 약 8킬로미터가 되는 거리를 걸어 다녔지요. 하지만 그 시간이 정말 행복하기 짝이 없었답니다. 자연을 느끼며 한가로이 대화를 하면서 말이죠.

저는 그분께 너무나 많은 것을 배웠습니다. 그리고 참 고마웠습니다. 한국전에 참전하신 것도 고마웠지만, 저를 1년 가까이 먹여주시고, 입혀주시고, 재워주시고, 학교를 보내주시고 글에 대한 열정을 갖게 해주셨습니다. 비록 나이 차이는 있었지만, 정말 친구처럼, 아저씨처럼 그리고 때로는 아빠처럼 대해주셨지요. 그분이 몇 해 전에 85세의 일기로 천국으로 이사를 가셨습니다.

마음도 아프지만, 다시 뵙고 싶은 마음이 간절합니다. 그리고 무엇보다 저에게 희망을 심어주신 것처럼 저도 작은 희망의 통로가 되는 사람으로 살고 싶습니다. 그리고 언젠가 파워스 선생님과 여러 사람들의 추억이 가득한 시골집을 보수하여 글쓰는 사람들에게 영감을 줄 수 있는 작가들을 위한 장소로 만들고 싶은 소망이 있습니다.

저의 부친께서는 파워스 선생님으로부터 받은 사랑을 힘입어 장학재단을 설립하게 되었고 저도 이제는 그 장학재단과 인연을 맺게 되었습니다. 장학재단은 단순히 장학금만 마련하는 일을 하는 것을 넘어 사람을 세워가는 과정의 출발점이 된다는 사실을 조금씩 배워가고 있습니다. 아버지와 파워스 선생님의 만남처럼 말이죠.

미국 깡촌에 왜 갔니?

초판 1쇄 인쇄 _ 2023년 2월 20일
초판 1쇄 발행 _ 2023년 3월 1일

글 _ 김요한

사진 및 표지그림 _ 조은영

펴낸곳 _ 바이북스
펴낸이 _ 윤옥초
책임편집 _ 김태윤
책임디자인 _ 이민영

ISBN _ 979-11-5877-336-6 03810

등록 _ 2005. 7. 12 | 제 313-2005-000148호

서울시 영등포구 선유로49길 23 아이에스비즈타워2차 1005호
편집 02)333-0812 | **마케팅** 02)333-9918 | **팩스** 02)333-9960
이메일 bybooks85@gmail.com
블로그 https://blog.naver.com/bybooks85

책값은 뒤표지에 있습니다.
책으로 아름다운 세상을 만듭니다. ― 바이북스

미래를 함께 꿈꿀 작가님의 참신한 아이디어나 원고를 기다립니다.
이메일로 접수한 원고는 검토 후 연락드리겠습니다.